Clássicos Juvenis TRÊS POR TRÊ

TRÊS AMIZADES

CLÁSSICOS JUVENIS TRÊS POR TRÊS

TRÊS AMIZADES

O PRÍNCIPE E O MENDIGO
Mark Twain

O DETETIVE AGONIZANTE
Conan Doyle

AS DUAS MORTES DE ISAÍAS
Marcia Kupstas

1ª edição
Conforme a nova ortografia

Atual Editora

ILUSTRAÇÕES HUMBERTO BORÉM

Coleção Três por Três

Gerente editorial
Rogério Gastaldo

Editora assistente
Andreia Pereira

Revisão
Pedro Cunha Jr. e Lilian Semenichin (coords.) / David Medeiros / Aline Araújo

Pesquisa iconográfica
Cristina Akisino (coord.) / Márcia A. Trindade

Gerente de arte
Nair de Medeiros Barbosa

Assistente de produção
Grace Alves

Diagramação
aeroestúdio

Coordenação eletrônica
Silvia Regina E. Almeida

Produção gráfica
Rogério Strelciuc

Colaboradores

Projeto gráfico
aeroestúdio

Capa e ilustrações
Humberto Borém

Coordenação
Marcia Kupstas

Suplemento de leitura e projeto de trabalho interdisciplinar
Silvia Oberg

Preparação de textos
Silvia Oberg / Andreia Pereira

Impressão e acabamento
Forma Certa

Dados Internacionais de Catalogação na Publicação (CIP)
(Câmara Brasileira do Livro, SP, Brasil)

Três amizades / [ilustrações Humberto Borém]. — 1. ed. São Paulo : Atual, 2008. — (Coleção Três por Três : clássicos juvenis / coordenação Marcia Kupstas)

Conteúdo: O príncipe e o mendigo / Mark Twain — O detetive agonizante / Conan Doyle — As duas mortes de Isaías / Marcia Kupstas.
ISBN 978-85-357-0980-3

1. Literatura infantojuvenil I. Twain, Mark, 1835-1910. II. Doyle, Arthur Conan, 1859-1930. III. Kupstas, Marcia. IV. Borém, Humberto. V. Série.

08-08882   CDD-028.5

Índices para catálogo sistemático:
1. Literatura infantojuvenil   028.5
2. Literatura juvenil   028.5

17ª tiragem, 2021

SUMÁRIO

TRÊS AMIZADES ESTRANHAS

Três autores, três épocas, três lugares... e um tema central, reunindo três diferentes narrativas. Quantas semelhanças pode haver entre essas histórias, quantas são suas particularidades...

Pode-se associar amizade a sentimentos ou sensações, como "curiosidade", "piedade", "admiração", "assombro", "culpa" ou "medo"? Nestas histórias do volume *Três amizades*, da coleção Três por Três, sim. O relacionamento fraterno das personagens multiplica-se em emoções que podem mesmo causar estranhamento, distanciando-se da camaradagem convencional das amizades...

Em *O príncipe e o mendigo*, o príncipe Eduardo simpatiza com um menino mendigo e, ao constatar sua semelhança com Tom, sugere uma troca de papéis. Essa "brincadeira" vai levá-lo a terríveis experiências no submundo inglês, mas também permitirá que encontre um protetor adulto e amistoso, na figura de Miles Hendon. O detetive Sherlock Holmes tem em seu biógrafo, dr. Watson, um admirador tão incondicional que perdoa até que seus dotes de médico sejam criticados, como acontece em *O detetive agonizante*. Já *As duas mortes de Isaías* traz o registro da memória dos tempos de infância de Miguel, que, ao perder seu cachorro Oto, recorre a Isaías, um estranho paranormal que localiza bichos. O envolvimento deles vai além da possível amizade, quando os amigos de Miguel sugerem outros usos para esses dons.

Essas narrativas acontecem em épocas e lugares distantes entre si e apresentam protagonistas bastante diferentes, mas têm em comum uma maneira peculiar de desenvolver os possíveis laços fraternos que unem duas pessoas. São relacionamentos que superam a simples empatia entre personagens da mesma faixa etária; envolvem sentimentos mais densos e quase conflitantes.

O príncipe e o mendigo foi escrito por Mark Twain, em 1882, mas registra acontecimentos do século XVI, do reinado de Henrique VIII. Uma época de terríveis disparidades sociais, vividas na pele dos dois protagonistas, o futuro rei Eduardo VI e o mendigo Tom Canty. Apesar de passarem pouco tempo juntos, revelam forte empatia um pelo outro. A tal ponto que Tom, quando está prestes a ser coroado, revela a sua verdadeira identidade e entrega o poder a Eduardo, demonstrando lealdade e gratidão.

Porém, os verdadeiros laços de amizade em *O príncipe e o mendigo* acontecem entre Eduardo e Miles Hendon, um soldado que retorna ao lar depois de dez anos de distância. O rapaz se apieda daquele mendiguinho que supõe "lunático" e resolve adotá-lo, mesmo sem acreditar nele. Essa amizade desinteressada, baseada na generosidade de um adulto por uma criança desamparada é que engrandece o tema "amizade" da história, mesmo que seja incomum de acontecer — seja na literatura ou na vida real.

Amizade literária que se mostrou tão influente na realidade, a ponto de os leitores encaminharem cartas ao fictício endereço da rua Baker, 221-B, é o que encontramos no relacionamento entre o dr. Watson e Sherlock Holmes em *O detetive agonizante*, de Conan Doyle. Impossível haver dois temperamentos mais díspares. Watson é solidário, crédulo diante dos bons sentimentos de seus semelhantes, afável. Sherlock é cerebral, irônico, solitário. Mesmo que desconfie da reciprocidade de Holmes (o detetive parece incapaz de revelar emoções), Watson nunca lhe recusa a sua amizade.

Entre o desejo de amizade e a culpa oscila o relacionamento do narrador Miguel e o paranormal Isaías, em *As duas mortes de Isaías*. Oto, o cachorro de Miguel, desaparece. Miguel se afunda em dor e desespero... Revela que talvez o verdadeiro sentimento de amizade a superar desafios encontra-se na relação do menino e do seu cão. É por causa dele que Miguel aceita correr riscos e superar seus preconceitos. Aceita a ajuda de Isaías, uma criatura que "*localizava animais à distância por meio de um transe (mas que) podia sofrer uma repulsa tão forte por parte de seus semelhantes".*

A gratidão de Miguel não consegue transcender para a amizade. Acaba permitindo que seus amigos usem os dons de Isaías mesmo colocando-o em risco de vida; carregará a culpa de uma possível tragédia pelo resto da vida.

A coleção Três por Três pretende não só aproximar essas narrativas quanto ao seu assunto central, mas permitir que o leitor reconheça suas diferenças. Sherlock e Watson emblematizam o típico caso de "amizades de opostos", tanto em caracteres pessoais como na postura narrativa, com o médico humildemente reconhecendo seu papel de biógrafo e aprendiz de Holmes. O tema da camaradagem entre criança e adulto está tanto em *O príncipe e o mendigo* como em *As duas mortes de Isaías,* mas as reflexões sobre culpa, intolerância social e paranormalidade acentuam-se numa narrativa do século XXI.

A proposta inovadora da coleção Três por Três consiste na adaptação modernizada de textos antigos, de autores significativos da literatura universal, que dialogam com uma história de escritor brasileiro, também autor das adaptações. E tem como desafio maior seduzir o jovem leitor para que conheça o que já foi feito em outras épocas, sobre temas que, mesmo em nossos dias, continuam relevantes e desafiadores.

Boa leitura!

Marcia Kupstas

O PRÍNCIPE
E O MENDIGO

Mark Twain

Adaptação de Marcia Kupstas

MARK TWAIN.

Norte-americano, Samuel Langhorne Clemens nasceu na cidade de Florida (Missouri), em 1835, e faleceu em Redding, em 1910. Popularizou-se com o pseudônimo de Mark Twain, nome que atribuía aos gritos dos marinheiros que trabalhavam nas barcas fluviais. Terceiro filho de quatro sobreviventes, Clemens ficou órfão em 1847 e foi trabalhar nas docas do rio Mississipi, que muito o inspiraram posteriormente, em livros como As aventuras de Tom Sawyer e Huckleberry Finn. Adolescente, colaborou com seu irmão mais velho na edição de um jornal local. Vários dos temas de suas famosas crônicas foram esboçados nesses artigos.

Sua vivência com o jornalismo foi intensa. A primeira vez que usou o pseudônimo de Mark Twain foi no jornal Territorial Enterprise, de Virginia City. Em 1864, mudou-se para São Francisco, sempre colaborando em vários jornais.

No ano seguinte veio seu primeiro sucesso nacional: "A Célebre Rã Saltadora do Condado de Cavaleras". O humorista Artemus Ward encomendou o texto para uma antologia, mas foi nas páginas dos jornais que a história se popularizou. Segundo um dos editores das dezenas de jornais que reimprimiram o texto, aquela era "a melhor peça de literatura humorística já produzida nos Estados Unidos da América".

Além de humorista, Mark Twain foi crítico e autor de teatro, inventor amador e ficcionista histórico. Essas últimas atribuições foram inclusive reunidas em Um ianque na corte do Rei Artur, romance em que um seu contemporâneo visita a Idade Média e recorre a habilidades científicas para superar desafios.

Outra narrativa histórica de sucesso é O príncipe e o mendigo, de 1882. O enredo é situado na Inglaterra do século XVI e registra uma história de amizades opostas e contraste entre pobres e ricos, emblematizados nas figuras de Tom Canty e Eduardo Tudor. Os dois meninos trocam de lugar e passam por marcantes aventuras, tanto na Corte do rei Henrique VIII como nos guetos miseráveis de Londres e entre um bando de ladrões. Só mesmo através da coragem e perseverança de Eduardo e da lealdade de Tom é que podem reassumir suas identidades, numa história comovente para os jovens leitores.

Aliás, muito da obra de Mark Twain, mesmo que escrita para o público em geral, acabou popularizada no gênero juvenil, caso ocorrido com O príncipe e o mendigo, As aventuras de Tom Sawyer ou Huckleberry Finn. Isso se explica tanto pelos aspectos cotidianos dos assuntos e idades de seus protagonistas como pela simplicidade e pelo caráter pitoresco da linguagem. O autor registrou de maneira admirável uma "fala" americana, dando voz a escravos, operários rústicos das barcaças fluviais, malandros e todo tipo de gente simples. O escritor William Faulkner disse que ele foi "o primeiro escritor verdadeiramente americano, e todos nós desde então somos seus herdeiros". Outro elogio, do não menos importante escritor Ernest Hemingway, afirma que "toda a literatura moderna americana adveio de um único livro de Mark Twain chamado Huckleberry Finn (...). Não havia nada antes. Não houve nada tão bom desde então."

1
DOIS NASCIMENTOS

NA ANTIGA CIDADE DE LONDRES, pela metade do século XVI, em certo dia de outubro, nasceu um menino. Sua família, Canty, era pobre e ele não foi recebido com alegria. Seu nome era Tom e se tivesse de receber um título, provavelmente seria o de "Tom, o Mendigo".

No mesmo dia nasceu outra criança inglesa. Mas na sua família, Tudor, seu nascimento foi recebido com alegria. Há muito se esperava por ele, como provável herdeiro do trono. Recebeu o nome de Eduardo, Eduardo Tudor, e o título de Príncipe de Gales. Toda a Inglaterra comemorou seu nascimento. Foram dias de festa, acenderam-se fogueiras e se ofereceram danças e banquetes para ricos e pobres. Os ingleses tinham grandes esperanças no destino daquele futuro rei do país.

Alheio a tanta expectativa gerada por seu nascimento, o pequeno Eduardo dormia no berço, cercado de proteção, luxos e riquezas.

Alheio à festa que se desenrolava pelas ruas da cidade, em honra ao outro nascimento, o menino Tom adormeceu, afinal, entre farrapos, no cortiço imundo onde moravam os Canty. Ninguém comemorou seu nascimento, nem mesmo sua família. Sua presença significava mais uma boca para alimentar e isso sempre causava grandes aborrecimentos.

Ninguém poderia imaginar que essas duas crianças, nascidas no mesmo dia mas em lugares e entre pessoas tão diferentes, teriam seus destinos cruzados de maneira tão extraordinária como realmente aconteceu.

2

A INFÂNCIA DE TOM

ALGUNS ANOS SE PASSARAM. Nessa época, Londres era uma grande cidade, com mais de cem mil habitantes. Mas, para a família de Tom Canty era também uma cidade estreita, suja, com ruas tortuosas e feias. Moravam perto da Ponte de Londres, na região dos cortiços. Quanto mais altas eram as casas, mais largas eram elas. Uniam-se num intrincado esquema de vigas entrecruzadas, estreitas embaixo e grudadas em cima, com janelas que se abriam para fora, diretamente sobre as calçadas. O colorido azul ou vermelho das vigas e as pequenas janelas que se viravam sobre roldanas davam um aspecto pitoresco àquela região, semelhante a um presépio montado por crianças.

A casa de Tom ficava num beco imundo chamado Offal Court, em Pudding Lane. Apesar de ser um prédio em ruínas, abrigava inúmeras famílias. Os Canty ficavam no terceiro andar. Os pais contavam com uma espécie de colchão ao canto; Tom, suas irmãs gêmeas Bet e Nan e sua avó ajeitavam-se onde conseguiam achar espaço, cobrindo-se com restos imundos de trapos ou palha seca.

Bet e Nan tinham quinze anos. Eram boas meninas, apesar de simplórias e ignorantes. Pareciam-se com a mãe quanto ao temperamento gentil, mas de caráter fraco e covarde, fadado à infelicidade. Já o pai e a avó de Tom eram diferentes... autênticos diabos. Eram dominadores, cruéis e violentos e, quando embriagados, ficavam piores. Como bebiam todos os dias, o clima de violência e pancadaria era constante na família.

João Canty era ladrão e a mãe dele era mendiga. Como nenhuma das crianças Canty se deu bem nas artes do roubo, transformaram-se em pedintes. Pobre de Tom ou de suas irmãs se não conseguissem trazer boas moedas ao cabo de um dia de mendicância! A surra era brutal e o mais comum era dormirem de estômago vazio, torcendo para que a sra. Canty conseguisse surrupiar um pão velho para tapear a fome dos filhos, na madrugada.

Os vizinhos dos Canty não diferiam muito no comportamento ou caráter. Aqueles cortiços eram tomados por bêbados, mendigos, doentes, ladrões. Mas havia alguém que destoava dos demais: o padre André, que morava ali por ter sido despedido do serviço do rei com uma pensão miserável. O velho gostava das crianças e procurava instruí-las, nem que fosse às escondidas. Foi graças à dedicação do padre que Tom se alfabetizou e chegou mesmo a aprender uns arremedos de latim. Padre André não conseguiu muita vitória com as gêmeas; Bet e Nan temiam a zombaria das colegas, se demonstrassem vestígios de cultura, e evitavam as aulas.

Já Tom Canty sentia orgulho pelo que estudava. Adorava ouvir ou ler histórias. Aprendia o que podia nos poucos livros emprestados pelo padre. Nos longos dias de verão, depois que mendigava o necessário para evitar as bordoadas do pai, sobrava ainda um bom tempo para acompanhar as histórias contadas pelo padre André. Eram aventuras fantásticas e maravilhosas, que aconteciam em países distantes. Narrativas de gigantes e castelos e anões e fadas e duendes. Sua mente se enchia com essas histórias.

Muitas noites, deitado na palha desconfortável, seu corpo dolorido e faminto se afastava daquela realidade e a sua imaginação o levava a visitar aqueles lugares... supunha-se um príncipe encantado de um país de sonhos.

Aos poucos, a ideia de conhecer um príncipe de verdade se tornou uma obsessão para o garoto. E fosse fruto das leituras ou dos sonhos, Tom começou a agir como um príncipe. Pelo menos, como imaginava que seria um deles. Tomava mais banho que os seus colegas, nas águas do Tâmisa. Usava gestos ou palavras cerimoniosas, surpreendendo quem lidava com ele. Muitos dos meninos da região começaram — por brincadeira ou respeito à sua convicção — a formar uma pequena corte em torno de Tom. Ele era o príncipe com seus conselheiros, damas de honra, soldados e ministros. Sua opinião era apreciada e valorizada e, diariamente, os grandes negócios de seu reino eram discutidos no conselho real.

Entretanto, essas fantasias não lhe bastavam; Tom ansiava pelo dia de conhecer um príncipe de verdade.

E, certo dia, seu desejo se realizou...

3
TOM ENCONTRA O PRÍNCIPE

O SONHO DA VÉSPERA havia sido tão majestoso que Tom não se incomodou com a fome ao acordar naquela manhã. Vagou sonado pelas ruas da cidade, quase trombando com as pessoas e nem seu deu conta de quando deixou a área urbana, ultrapassando os muros de Londres.

Era uma estrada campestre, com casas de um lado do Tâmisa e, do outro, ricos palácios com jardins.

"Onde estou?", pensou Tom, surpreso com o lugar desconhecido. Resolveu continuar andando. Uma nova alameda se abria a sua frente e de repente ele se viu diante dos portões de um castelo.

De boca aberta e olhos arregalados, o pobre menino vestido de farrapos estacou diante da visão. Estaria mesmo acordado? Aquele castelo parecia uma imagem saída de seus sonhos! O imponente edifício era cercado de torres gigantescas, o portão tinha grades douradas e imensos leões de pedra, símbolos do poderio inglês, como guardiões. Igualmente imóveis e solenes, dois guardas ladeavam aqueles portões, impedindo a passagem da multidão que se acotovelava do lado de fora do jardim.

Timidamente, Tom se aproximou de um velho e perguntou:

— Que palácio é esse, senhor? O que as pessoas fazem aqui?

— É o palácio de Westminster, menino. Estamos aguardando a passagem do príncipe Eduardo Tudor, que costuma sair de carruagem a esta hora.

"Um príncipe!", pensou Tom. "Um príncipe de verdade!"

Como que em resposta a seus pensamentos, surgiu um menino pela alameda do castelo, uma figura pequena em meio a dezenas de criados e, mesmo assim, destacando-se pela riqueza dos trajes. Usava um rico chapéu de plumas, roupas de veludos e cetins coloridos bordados com joias cintilantes, uma adaga brilhante na cintura e os pés calçados em botas vermelhas de salto alto.

Tom ficou tão maravilhado que não se conteve, precisava se embeber com aquela imagem de sonho! Aproximou-se tanto do portão, que apertou o rosto nas grades de ferro. No mesmo instante, viu-se agarrado por um dos guardas e jogado ao chão.

— Fora, mendigo! — gritou o guarda, rindo, com sua gratuita brutalidade, do jeito cômico com que o menino rodopiou, zonzo, em meio à multidão.

O burburinho chamou a atenção do príncipe, que se aproximou da grade e falou para o guarda:

— O que se passa aqui? Por que tratou o menino dessa maneira?

— Majestade! — O guarda fez uma profunda reverência e corou.

— É apenas um mendigo que...

O futuro rei não o deixou se explicar:

— Como ousa maltratar um súdito de meu pai? Abra os portões e deixe entrar o menino.

A multidão se divertia com a cena. Tom foi conduzido por dezenas de mãos para a frente, o portão foi aberto por guardas em pose solene e de repente estavam ali, cara a cara! O Príncipe da Pobreza, vestido de andrajos e trêmulo de emoção, diante do Príncipe da Fartura Infinita, que lhe estendeu a mão:

— Parece faminto e cansado, pobre mendigo. Foi maltratado e quero recompensá-lo. Venha comigo!

Alguns servos tentaram interferir na vontade do príncipe, mas Eduardo era um jovem de opinião. Manteve-os à distância com um gesto e retornou ao castelo em companhia do seu novo amigo.

Em seus aposentos, Eduardo solicitou uma farta refeição e começaram a conversar.

— Como se chama?

— Tom Canty, senhor, respondeu o garoto, fascinado com tanta riqueza.

Quando a comida chegou, o príncipe pediu que os criados saíssem e ofereceu-a ao visitante. Tom devorava as frutas e doces e respondia à curiosidade do príncipe:

— Onde você mora, Tom?

— Eu moro em Londres, no Offal[1] Court, em Pudding[2] Lane. O senhor conhece?

— Jura? Que nome estranho, um lugar de mocotós e pudins!

— Oh, é só um nome, senhor! Lá só tem sujeira e miséria... — Tom escolheu um novo bom-bocado e se pôs a devorá-lo. — Aqui, sim, é que existem pudins e doces de verdade!

— Tem família?

— Claro, tenho pai e mãe e irmãs... e que Deus me perdoe, mas infelizmente tenho uma avó também.

— Não gosta da sua avó?

---

[1] Offal: em inglês, *offal* refere-se a restos de corpos ou pedaços de carne de animal.
[2] Pudding: prato típico da Grã-Bretanha. Espécie de pudim doce ou salgado.

— É ela que não gosta de mim nem de ninguém, senhor... É uma megera que vive de fazer maldades.

— Que tipo de maldades?

— Ela só não me bate quando está dormindo ou embriagada demais. Fora isso, dá grandes surras.

— O quê? Ela se atreve a dar surras, em você, que é fraco e pequeno? Vou mandar prendê-la na Torre.

— Não acho isso possível, senhor. Vovó é uma pobre coitada e a Torre foi feita para prisioneiros importantes.

— Isso é verdade... E o seu pai? Ele também lhe dá conselhos, como o meu?

— Acho que ele é do tipo que mais dá surras, senhor. Como minha avó.

— Disse que tem irmãs. Qual a idade delas?

— São gêmeas. Nan e Bet têm 15 anos e são boazinhas, igual a minha mãe. Nunca me batem!

— Também tenho uma irmã, *lady* Elizabeth. Ela tem catorze anos e é muito amiga da minha prima *lady* Jane... Escute, suas irmãs também proíbem que as criadas deem risada, temendo que percam suas almas?

— *Criadas?* — Tom gargalhou, e um bom naco de bolo escapou de sua boca. — Senhor, imagina por acaso que minhas irmãs têm criadas?

— Ora, por que não? Como fazem suas irmãs, na hora de dormir? Quem as ajuda a se despir ou colocar a roupa?

— Ninguém, senhor. Não precisam de ajuda alguma. Por acaso o senhor imagina que elas durmam sem o vestido?

— Mas elas não têm de se trocar?

— Trocar de quê? Nan e Bet têm apenas um vestido, senhor.

— *Um só?* Que absurdo!

— Por quê? Se elas têm só um corpo!

Eduardo estava atordoado com a conversa. Não imaginava uma vida em que não estivesse cercado de criados e ajudantes para tudo em seu dia a dia, da hora de acordar até o anoitecer. Nem poderia supor que existissem pessoas que tivessem só a roupa do corpo... Tom acabara a refeição e olhava os livros da estante do príncipe.

— Sabe ler, Tom?

— O padre André me ensinou. Ele me conta histórias e sei até um pouco de latim! — disse com orgulho. — O padre é nosso vizinho lá em Offal Court.

— Fale mais do seu bairro. Como se vive lá?

— Oh, senhor, se não fosse a fome, a vida seria realmente boa. Nas ruas aparecem macacos amestrados e teatros de fantoches. A gente luta de verdade; eu e meus amigos brincamos todos os dias de guerra e apostamos corridas. No verão, a gente nada no rio e às vezes faz guerra de lama. Não há nada melhor no mundo do que uma boa guerra de lama!

— Oh, Tom, deve ser divertido! Adoraria, pelo menos um dia na minha vida, andar descalço, com roupas soltas, mergulhar na água e chapinhar no barro!

— Jura? — Tom pareceu surpreso e suspirou. — Pois eu adoraria, pelo menos uma vez na vida, usar roupas limpas e caras, comer tudo que desejasse, dormir em lençóis limpos e macios e ser bem tratado pelas pessoas.

O príncipe teve uma ideia. Resolveu que poderiam realizar os desejos um do outro. Em minutos, Tom estava vestido com toda a pompa dos trajes reais e Eduardo se escondia sob os andrajos de mendigo. Quando se olharam no espelho, levaram um susto!

Eram tão parecidos! A mesma estatura, o tom de voz, a cor de cabelos e olhos. Facilmente enganariam as pessoas, mesmo aquelas que os conheciam bem.

— Tom, isso é bom demais para que seja desperdiçado. Já sei! Fique aqui nos meus aposentos e se divirta no meu papel de príncipe. Aproveitarei esse disfarce de mendigo e poderei conhecer as ruas de Londres, brincar no rio e correr descalço por aí... O que me diz?

— Senhor, não sei... Isso pode ser perigoso.

Mas o príncipe era um jovem decidido. Pegou uns objetos sobre a mesa, encontrou um esconderijo para eles e depois abriu a porta:

— É uma ordem, Tom Canty. Não faça nada até que eu volte.

Vestido em seus andrajos, foi fácil para Eduardo ultrapassar os corredores, o jardim e chegar ao portão. Os guardas lhe abriram a porta, mas um dos soldados aproveitou para se vingar, acertando forte bofetada no rosto:

— Toma, vagabundo, em paga pela bronca que me fez levar do príncipe! Agora dê o fora e nunca mais apareça!

A multidão gargalhou e Eduardo virou-se para o soldado, furioso:

— Como se atreve a bater no Príncipe de Gales? Será enforcado por isso!

— Ah, ah, ah! — gozou o soldado, debochando. — Então minhas saudações, Alteza! Dê lembranças ao Rei do Lixo e à Rainha da Pobreza! E gritou para a multidão: — Abram alas, todos vocês! Deem passagem ao filho do rei!

4

AS PRIMEIRAS LIÇÕES DE UM PRÍNCIPE

POR HORAS A FIO, A MULTIDÃO perseguiu o "filho do rei", zombando e ridicularizando sua pretensão. Afinal, quando se dispersaram, Eduardo estava exausto, desorientado e com os pés feridos; mergulhou-os num riacho e aproveitou para descansar um pouco. Onde estava? Afinal, reconheceu os muros de uma igreja.

"É o Christ's Hospital"[3], pensou. "Meu pai tomou essa igreja dos monges e a transformou em abrigo para crianças pobres e abandonadas. Um bom lugar para me abrigar... Estou tão infeliz e faminto como eles."

Entrou num pátio lotado de meninos que corriam e brincavam em grande algazarra. Vestiam-se todos iguais, com um barrete preto e uma espécie de manto azul que lhes chegava aos joelhos. "Que roupa horrível", pensou o príncipe de Gales. "Quando reinar, preciso modificar esse traje."

Logo os meninos largaram a brincadeira e o cercavam.

— Quem é você? — perguntou um deles. — O que deseja?

— Sou Eduardo Tudor, filho do rei. Preciso falar com seu superior.

Essas palavras foram recebidas com enormes gargalhadas, o que enfureceu o futuro rei. Esquecendo-se de que agora usava andrajos, procurou pela espada à cintura.

— Olhem! — zombou um dos meninos. — O idiota pensa que está armado, que tem espada à cintura, feito um cavalheiro!

— Eu sou um cavalheiro, exijo respeito! Sou o príncipe de Gales e quero falar com o supervisor!

---

[3] Christ's Hospital: colégio interno para crianças pobres, fundado no século XVI. Atualmente, o Christ's Hospital ainda funciona como uma escola filantrópica.

A arrogância de Eduardo irritou os meninos, que o cercaram e encheram de tapas e pontapés, enxotando-o porta afora.

Confuso, magoado e ferido, Eduardo Tudor retomou a caminhada. Aos poucos, sua fúria cedeu lugar à compreensão. "Pobres meninos", pensou. "Naquele asilo recebem roupas e alimentos, mas será que contam com educação e cuidados? Quando for rei, isso será modificado."

Aos poucos a noite chegava, aqui e ali algumas luzes se acenderam. O príncipe seguia por ruas cada vez mais estreitas. Um chuvisco fino começou a cair. "Será que estou longe de Offal Court?"

Não demorou muito e Eduardo Tudor descobriu que estava bem perto. Ao virar uma esquina, viu-se agarrado com brutalidade, pelas costas.

— Isso são horas de voltar para casa, seu patife? O que pensa que está fazendo? Espero que tenha trazido um bom dinheiro de esmolas... Se não, juro que parto todos os seus ossos, ou meu nome não é João Canty!

— Você é o pai dele! — gritou o príncipe, satisfeito. — Queira Deus que seja verdade. Leve-me de volta e refazemos a troca. Você o terá de volta.

O bêbado olhou o menino com dureza:

— O que está dizendo, Tom? Pai *dele*? Sou o *seu* pai! E se prepare para a maior surra que...

Exausto, o príncipe implorou:

— Ah, não! Chega de pancadas por hoje! Meu corpo tem dores por todos os lugares... Leve-me para casa. Garanto que terá a recompensa que pedir. Sou realmente o príncipe de Gales, senhor!

O homem arregalou os olhos:

— Você ficou inteiramente louco, Tom! — Agarrou-o pelo ombro e gargalhou: — Mas louco ou não, saiba que eu e sua avó acharemos algum lugar nesse corpo machucado que ainda suporte uma surra, ah, ah, ah!

E seguiu pelas vielas imundas arrastando o pobre menino exausto.

5

TOM ENCONTRA O REI

E TOM? O QUE FAZIA ELE no quarto do príncipe? Passou meia hora exibindo-se de lado a outro diante do espelho. Fez caretas, deu risadas, ameaçou sua imagem com o punhal e brincou de reverências. "Se meus amigos de Offal Court pudessem me ver agora", pensou, sorrindo. Acreditariam nessa história fantástica? Ou simplesmente abanariam a cabeça, dizendo "Tom, sua imaginação finalmente o deixou maluco de vez!"

Aos poucos, porém, deu-se conta da demora do príncipe e começou a ter ideias bem menos divertidas. E se acontecesse alguma coisa a Eduardo Tudor e Tom fosse descoberto como impostor? Teria alguma chance de se explicar? Era mais provável que cortassem primeiro sua cabeça para perguntarem depois!

Alisou o pescoço com desconforto, o medo aumentando... quase deu um pulo de susto quando um criado adentrou o quarto e anunciou:

— *Lady* Jane Grey!

A prima do príncipe entrou em meio ao "fru-fru" do vestido de seda e se curvou. Imediatamente, o apavorado Tom se ajoelhou aos pés da garota, implorando:

— Por favor, me perdoe, *lady*! Não sou Alteza coisa nenhuma, sou apenas Tom Canty, de Offal Court. Deixe-me ver o príncipe, ele devolverá meus trapos e explicará toda essa confusão! Salve-me, por favor!

Lady Jane mal ouvia o que Tom lhe dizia, surpresa em ver o futuro rei ajoelhado diante de si. Saiu correndo pelos corredores do palácio e logo a fofoca se espalhava mais do que brasa em palha seca. Todos murmuravam:

— O príncipe está louco, o príncipe enlouqueceu...

Enquanto Tom permanecia imóvel e apavorado no quarto, as más notícias percorreram os salões, as lajes de mármores, os ouvidos e bocas das belas damas de companhia, as conversas dos conselheiros e dos lordes ou mesmo daqueles fidalgos de menor importância... O burburinho aumentava até que um arauto desfilou por entre as gentes, fazendo solene declaração:

— EM NOME DO REI! NINGUÉM DEVE ACREDITAR NOS FALSOS BOATOS QUE ATENTAM CONTRA A DIGNIDADE DO PRÍNCIPE. SOB PENA DE MORTE, ESTÁ PROIBIDO COMENTAR OU ESPALHAR BOATOS. EM NOME DO REI!

Imediatamente os cochichos cessaram. Um grupo da mais alta dignidade procurou Tom e o conduziu até a câmara real. Ainda havia os que murmuravam "pobrezinho", ao repararem na excessiva palidez e tremor do menino. Mais que todos, o próprio Tom lamentava a si mesmo, suspirando e gemendo "E agora? O que vai ser de mim?"

Tom só teve coragem de erguer os olhos depois de ouvir uma pesada porta ser trancada às suas costas. Dezenas de cortesãos espalhavam-se pelo quarto e, à sua frente, estava um homem grande e gordo, sentado numa espécie de trono. Seus cabelos e barba eram grisalhos e suas roupas eram suntuosas, porém gastas. Estava meio reclinado, com o pé doente sobre almofadas de seda. O rosto parecia inchado e a expressão era severa. Tom estava diante do homem mais poderoso do Reino Unido. Era o temido Henrique VIII, que rompeu com a Igreja Católica, desfez casamentos, livrou-se de ex-esposas, mandando-as decapitar, e, agora, envelhecido e adoentado, colocava suas derradeiras esperanças num herdeiro jovem, que a maledicência da corte sugeria ter ensandecido.

O olhar do rei percorreu a plateia silenciosa e depois se dirigiu ao filho. Ao falar com ele, sua expressão se suavizou:

— Meu querido Eduardo, meu príncipe, o que aconteceu? Por que assusta o seu rei e seu pai, que tanto o adora?

"Seu rei, seu pai", distinguiu Tom essas palavras, em pânico. "Agora sim, estou mesmo perdido."

— Piedade, senhor, poupe-me, Majestade! Prometo explicar tudo o que aconteceu! Não me mate!

Henrique VIII comoveu-se com a expressão apavorada do garoto. Pensava que eram exageros da corte aquelas excentricidades do filho, mas agora descobria que realmente Eduardo estava diferente.

— O que está dizendo? Não sabe quem eu sou?

— Claro que sim, é o rei, que Deus o guarde!

— E quem é você?

— Sou o mais insignificante dos seus súditos, mas sou também jovem demais para morrer!

— Morrer? O que está dizendo? Não tenha receio, saiba que está entre amigos, meu querido príncipe. É claro que não morrerá.

Tom sentiu certo alívio com essas palavras. Olhou para os guardas e cortesãos em volta de si:

— Ouviram? É a palavra do rei de que não serei morto! E agora, senhor, posso ir embora?

— Embora? Mas para onde quer ir?

— Para minha casa, em Londres, ficar com minha mãe e minhas irmãs. Sempre vivi na miséria, mas juro que prefiro aquele inferno de Offal Court do que viver na insegurança desse palácio!

O rei ficou um longo tempo cismado. O filho parecia realmente diferente. Dirigiu-se a ele em francês, mas Tom desconhecia o idioma. Seus tutores lhe falaram em grego e latim; ele reconheceu uma ou outra palavra do idioma latino, mas se atrapalhou com regras gramaticais e parecia também não reconhecer as pessoas que lhe eram mais próximas.

Afinal, Henrique VIII tomou uma decisão.

— Ouçam todos! Prestem bem atenção às minhas palavras! Meu filho parece revelar sinais de um forte esgotamento mental. Mas tenho certeza de que é um mal passageiro, ocasionado pela vida reclusa e excesso de estudos. Sugiro que as lições de ciências e idiomas sejam suspensas, que ele se dedique apenas a esportes e distrações ligeiras, até ficar completamente curado. Está entendido?

O rei se ajeitou no trono e prosseguiu, com grande energia:

— Eduardo é meu herdeiro e quem duvidar disso será condenado à forca! Mesmo que estivesse mil vezes louco, ainda assim herdaria o trono da Inglaterra! Hoje mesmo será proclamado na sua dignidade de príncipe, com as formalidades tradicionais.

Chamou *lord* Hertford e ordenou:

— Tome as providências imediatas para essa cerimônia. Cuide para que a notícia desse súbito mal-estar de meu filho não vaze dos salões do palácio. — E dispensou toda a corte.

Tom saiu em companhia de *lord* Hertford, que lhe confidenciou, mal alcançaram outro salão:

— Querido príncipe, a vontade de seu pai é lei... Sugiro que enquanto você estiver, bem, assim, bem, um tanto... distraído, procure por minha ajuda ou a de nosso amigo, *lord* Saint John.

— Sugiro que as aulas de hoje sejam suspensas, disse *lord* Saint John.

A "irmã" Elizabeth e a "prima" Jane permaneceram no quarto do príncipe. Procuraram ajudá-lo a recobrar a memória, descrevendo festas e citando pessoas conhecidas. De início, Tom tentou acompanhar a conversa, mas aquilo foi enchendo-o de tédio... Afinal, exausto, perguntou se não poderia descansar um pouco.

— Majestade, o senhor não pede esse tipo de coisa, o senhor ordena! — comandou *lord* Saint John, colocando todos os acompanhantes para fora do quarto.

Mesmo assim, ainda demorou para Tom ficar sozinho. Vários criados ajudaram a desamarrar os cordões e laços de sua roupa; outro penteou seus cabelos; um outro ajeitou os lençóis e outro ainda perfumou o ambiente. "Santo Deus, daqui a pouco ainda vão querer respirar por mim."

À porta do quarto, *lord* Saint John confidenciou para *lord* Hertford:

— Cá entre nós, o que acha disso?

Lord Hertford suspirou:

— Quer mesmo saber? Sinceramente, acho que o rei está nas últimas; acho que esse pobre príncipe enlouqueceu de verdade, mas louco ou não subirá ao trono assim mesmo. E espero que Deus tenha piedade da Inglaterra, porque tempos negros se aproximam!

— É verdade, pobre Inglaterra! — disse *lord* Saint John, suspirando. Mas o senhor não tem nenhuma dúvida, nenhuma incerteza?

— O que quer dizer?

— Nem sei se deveria dizer isso ao senhor, que é o parente mais próximo, mas tudo não lhe parece estranho? A insistência do menino em negar sua identidade... Desconhecer a fisionomia do próprio pai... O esquecimento total do francês ou da etiqueta... O estranhamento com os lugares do palácio! E se esse garoto realmente não for... quero dizer, e se ele e o príncipe não...

— Cale-se, Saint John, se tem amor ao pescoço! O rei proibiu qualquer tipo de hipótese. Ele tem de ser o príncipe! Como seria possível, duas crianças tão idênticas, de origens tão diferentes? Como poderiam trocar dessa forma de lugar, com o desconhecimento de todos? Não! É impossível, é absurdo.

Mesmo negando com tanta ênfase, *lord* Hertford continuou matutando a respeito: "Que um impostor se faça de príncipe é possível. Mas qual o impostor que, depois de reconhecido pela própria corte, pelo próprio rei, *negaria* sua autoridade real? É inverossímil. É mais fácil acreditar que esse pobre príncipe enlouqueceu".

6

O BANQUETE DE TOM E O SUMIÇO DO SINETE

À NOITE, TOM FOI CONDUZIDO para um imenso salão, onde o banquete estava colocado diante de um único lugar: o seu. Mais de cem pessoas, entre criados, garçons, cozinheiros, conselheiros, mordomos e chefes de etiqueta circulavam por ali, para servi-lo. "Quanta gente", pensou ele. "Será que tem trabalho para todos?"

Mais ainda se espantaria se soubesse que ali estava menos de um quarto do pessoal a serviço da corte, que superava quatrocentas almas!

Haviam colocado as mais ricas roupas no "príncipe". A louça era de ouro maciço, e os copos, do mais fino cristal. Destoando de toda essa pompa, os hábitos do menino, porém, eram desastrosos. Tom se serviu com as mãos de bons nacos de carne e pão e nem esperou que o "provador real", o funcionário que deveria experimentar antes sua refeição para evitar que fosse envenenado, pudesse agir.

Quando outro atendente lhe amarrou um guardanapo ao pescoço, evitando que sujasse a finíssima camisa de seda, Tom resmungou de boca cheia:

— Leve isso embora, por favor. Vou acabar sujando esse paninho tão lindo! — E limpou a boca com a manga daquela camisa que tentavam poupar.

Surgiu uma travessa repleta de alface e nabos, legumes recém-importados da Holanda e nunca vistos por Tom:

— Diacho, que é isso? É de comer?

A resposta lhe foi dada com toda seriedade. Se aqueles hábitos exóticos surpreendiam os empregados, eles tentavam evitar comentários. Afinal, toda a corte já fora informada da decisão de Henrique VIII e ninguém pretendia colocar a própria cabeça em risco desconfiando abertamente da sanidade do príncipe...

Mesmo assim, um chefe de etiqueta não se conteve e suspirou, quando viu que Tom enchia os bolsos de nozes e doces, durante a sobremesa. E mais ainda estranhou quando, ao final da refeição, foi-lhe oferecida uma tigela de água de rosas, para que refrescasse os dedos, e o menino não teve a menor dúvida: começou a beber o líquido perfumado!

Soltou um arroto e devolveu a tigela, reclamando:

— Senhor, esta bebida tem um cheiro tão bom... mas não quero mais bebê-la! O gosto dá um certo enjoo!

Enquanto os hábitos à mesa escandalizavam discretamente boa parte da corte, o rei Henrique VIII recebia uma notícia importante.

— Majestade, conseguimos! — disse o *lord* chanceler. — O Parlamento agiu de acordo com vossa vontade e confirmou a traição do duque de Norfolk. Basta agora a ordem real para executar o vosso inimigo.

Henrique VIII se alegrou com a boa notícia e tentou sair da cama:

— Ótimo! Vou pessoalmente até o Parlamento e falarei com os pares do reino, colocarei o sinete real na ordem de execução e...

Mas um mal súbito o atacou. O rei sentiu-se tonto e quase caiu, se não fosse amparado por um chanceler.

— Pena, não poderei sair. Pois bem, passe-me a ordem de execução e o sinete.

— Majestade, desculpe, mas é o senhor que guarda o próprio sinete...

— Sim? Então passe-o para cá.

— Não sabemos onde Vossa Majestade guarda esse símbolo tão importante!

— Oh, minha cabeça está confusa, acho que tenho febre! Onde coloquei o sinete?

Henrique VIII perguntava em geral, para a dezena de ministros e conselheiros que se entreolhava, confusa. Afinal, um deles lembrou:

— Desculpe, senhor, mas muitos de nós estávamos presentes quando Vossa Majestade pediu que o príncipe Eduardo guardasse o sinete. Queria usá-lo especialmente na condenação do duque de Norfolk.

— Oh, sim, agora me lembro... então, *lord* Hertford, vá imediatamente pedir ao príncipe que me devolva o sinete.

Imediatamente o lorde saiu da sala, para retornar poucos minutos depois, constrangido:

— Majestade, vosso filho não se lembra de ter guardado o sinete... Aliás, sequer sabe o que é um sinete!

— Meu Deus, suspirou Henrique VIII, esqueci do estado mental de meu pobre filho... E agora? Muitas ordens reais e decisões executivas ficam suspensas sem minha assinatura com o sinete real...

— Podemos ordenar uma busca completa nas inúmeras salas do palácio, sugeriu um chanceler.

— Façam isso, rápido! Quanto antes o sinete for encontrado, melhor!

7
UM PRÍNCIPE NA CASA DOS CANTY

TÍNHAMOS DEIXADO O VERDADEIRO príncipe nas garras de João Canty, que arrastava o menino para Offal Court. Uma pequena multidão acompanhava as desventuras do "pai", esforçando-se bastante em conter um "filho" revoltado, que reagia à surra desviando-se e reclamando.

Apenas uma pessoa dentre aquelas que presenciavam a cena não ria nem gozava do garoto. E quando João Canty resolveu encerrar a algazarra com uma bastonada na cabeça do "filho", esse defensor misterioso colocou-se à frente e impediu que Eduardo fosse atingido, recebendo por ele a pancada.

Mas deixemos esse defensor na praça, por enquanto, e acompanhemos "pai" e "filho" subindo as escadas do cortiço e encontrando o restante da família.

O lugar mal iluminado revelou um quarto de aspecto repugnante e três mulheres encolhidas num canto, com a expressão acuada de animais acostumados à pancadaria; João empurrou o menino para o centro e chamou uma velha de olhar perverso.

— Venha, mamãe! — gritou João. — Venha ouvir as maluquices que o seu neto anda falando... Vai, garoto, quem é você?

Vermelho de cólera, o príncipe reagiu com arrogância:

— Que insolência a sua, senhor, de me obrigar a falar! Já não disse que sou Eduardo Tudor, príncipe de Gales?

A surpreendente notícia atarantou a velha a ponto de ela abrir a boca e assim permanecer. Era uma figura ridícula, que fez seu ébrio filho cair na gargalhada. Essa resposta, porém, atarantou de outra maneira a mãe e as irmãs do menino, que se aproximaram, sinceramente preocupadas:

— Pobre Tom! — A mãe caiu de joelhos diante do príncipe. — Aconteceu o que eu temia. Essas suas leituras absurdas mexeram com sua cabeça. Você ficou louco!

O príncipe a olhou afetuosamente:

— Calma, minha senhora, não se preocupe. Seu filho está com ótima saúde e com juízo perfeito. Está no palácio, nesse momento. Basta me conduzir até lá que Tom lhe será restituído por meu pai, o rei.

— O rei, o seu pai? Oh, Tom, cuidado com as palavras! Ainda acaba enforcado por dizer tal heresia! E a mim, a sua mãe, não reconhece?

O menino a olhou longamente antes de negar:

— Desculpe, madame, mas é a primeira vez que a vejo na vida!

Enquanto a pobre mulher desatava num pranto desesperado, João Canty chamou pelas gêmeas:

— Venham, filhas, que esse espetáculo hoje é de graça! Não querem também se ajoelhar aos pés de um príncipe?

As gêmeas não acharam graça. Preocupadas com a sorte do irmão, choramingavam... Bet tentou interceder:

— Deixe Tom descansar, pai! Não bata nele hoje... Uma noite de bom sono e ele voltará ao normal.

— Normal? — O bêbado coçou a barbicha, olhos injetados, começou a apalpar a roupa do menino. — Normal é trazer esmolas, Tom! Amanhã temos de pagar o aluguel desse buraco, cadê o dinheiro?

O príncipe afastou-se com um safanão:

— Como se atreve, senhor? Pare de incomodar o filho do rei dessa maneira!

Ouvindo isso, a velha soltou uma risada cheia de maldade e pegou uma vara. João também se armou para dar uma surra no garoto. As irmãs e mãe de Tom puseram-se à sua frente, mas o corajoso príncipe as afastou:

— Não deve sofrer por mim, senhora. Deixe que esses porcos descarreguem sua fúria em mim somente.

Essas palavras encolerizaram mãe e filho de tal maneira que a surra foi tremenda! Os dois bêbados espancaram barbaramente não apenas Tom, mas também sua mãe e irmãs.

Afinal, exaustos e satisfeitos em realizar suas maldades, João e sua mãe foram dormir. Tom se arrastou para um canto, o corpo inteiramente moído. Antes de desmaiar de sono, ouviu o cochicho da mãe, estendendo-lhe um pão velho:

— Tome, Tom, guardei um pouco para você...

O príncipe agradeceu, comovido com a generosidade da pobre mulher, mas recusou. Era um pão tão seco e duro! Murmurou:

— Obrigado, minha senhora... Quando voltar ao castelo, vou retribuir sua bondade...

Dormiu, afinal, como todos os Canty.

Com exceção da mãe de Tom. Ela permanecia desperta e aflita. Algo em seu coração a enchia de dúvidas a respeito de Tom. Parecia-se tanto com o filho, mas o jeito de falar! Não era só o vocabulário solene, mas toda a postura do menino indicava orgulho e ousadia incomuns... E se ele realmente fosse quem dizia ser?

A mulher se arrepiou e benzeu-se, temendo a heresia do que pensava. E teve uma ideia...

Tom sempre dormia tapando o rosto com as mãos. Desde bebê, esse gesto de defesa o acompanhava. Se fosse o filho, mesmo enlouquecido, não teria como evitar uma pose que lhe era automática.

A mãe de Tom segurou um candeeiro e esperou até que o sono do menino se firmasse bem. Então, lentamente aumentou a chama e a apontou para o rosto do filho... Nada. Ele não escondeu o rosto. Alarmada, a mulher apagou a luz. Poucos minutos depois, repetiu o teste. "Tom" continuava dormindo de rosto destampado, por nenhum momento se protegeu na atitude costumeira.

"E agora?", pensou a mulher, desesperada. "Se ele fala a verdade, ah, que Deus tenha piedade de nós!"

8
A FUGA DOS CANTY

MESMO SENTINDO FOME e exaustão, o príncipe teve uma noite de sono pesado. Acordou chamando por *sir* Saint John e obteve uma resposta estranha:

— O que foi, Tom? O que você quer?

Desperto, Eduardo se ajeitou melhor nos trapos:

— Como? Quem é você? Onde estão meus camareiros?

— Oh, Tom, então você continua maluco? Sou sua irmã, Nan. Que raio de camareiros são esses?

"Então não era um pesadelo", constatou o príncipe, desconsolado. "Ainda estou nessa pocilga onde vive a família de Tom."

Um ruído forte na escada despertou todos os Canty. Gritos e pancadas na porta:

— João Canty, se tem amor à vida, é melhor fugir!

— O que foi? — resmungou o homem, curtindo ressaca. — Fugir por quê?

— Não lembra que ontem você acertou um homem que tentava defender o seu filho? Pois bem, o homem era o padre André. O infeliz não morreu por pouco e os vizinhos estão furiosos... Se ele morrer, vão arrancar a sua pele.

Logo, toda a família escapava como podia pelo bairro. Ainda combinaram de se encontrar na Ponte de Londres, mais tarde.

Aquele lado da cidade estava estranhamente agitado. A multidão festejava e bebia pelas ruas. Não tardou para que João fosse barrado por um bêbado animado, que lhe estendeu um copo:

— Venha, amigo, brindemos ao príncipe de Gales!

— O que aconteceu? — João aceitou o caneco, afrouxando a mão que prendia o "filho".

— Hoje o príncipe será reconhecido pelo Parlamento como herdeiro oficial do trono. É dia de festa!

João virou outro e mais outro caneco de cerveja, dando oportunidade para Eduardo escapar. Logo, escapulia entre a multidão que bebia e brindava ao "príncipe", para desespero do príncipe de verdade, que amargava a ideia de traição.

"Aquele menino, Tom Canty! Desgraçado, impostor com cara de anjo! Viu a oportunidade de me passar a perna e resolveu se fingir de filho do rei! Preciso chegar até a Câmara Municipal para desmascará-lo!"

9
DOIS PRÍNCIPES E UM REI

FOI UMA CERIMÔNIA DE BELEZA especial. O cortejo do príncipe seguia pelo rio Tâmisa em barcas especialmente decoradas, enquanto o povo às margens homenageava aquele que seria consagrado herdeiro oficial do trono da Inglaterra. Fogos de artifício embelezavam o céu e a cada momento uma salva de canhões marcava a passagem do cortejo.

Para Tom Canty, acomodado em ricas almofadas de seda, o espetáculo era sublime e indescritível. Sentia-se comovido e maravilhado. E também se surpreendia com a neutralidade e até tédio com que tudo aquilo era recebido pelas suas parentas. Elizabeth e *lady* Jane o acompanhavam na barcaça e não continham alguns bocejos.

Afinal, a comitiva fundeou numa pequena enseada no centro de Londres e se dirigiu à Câmara Municipal. As mais altas autoridades receberam o príncipe, que foi conduzido para a mesa do banquete. A cerimônia atingiu seu auge por volta da meia-noite, quando artistas famosos se apresentaram e começou o baile. Tom olhava tudo isso fascinado e divertido, sem imaginar que, do lado de fora da Câmara, o verdadeiro príncipe Eduardo berrava contra os portões, exigindo entrar para desmascarar o impostor que tomara indevidamente o seu lugar.

Claro que essa gritaria oferecia um espetáculo divertido para o povo. Uma multidão ria e gozava de Eduardo, o que o enfurecia cada vez mais. Mesmo contendo as lágrimas, ele insistia em afirmar:

— Sou o príncipe de Gales. Mesmo abandonado, sem amigos ou uma palavra de conforto, hei de defender os meus direitos.

Antes que a vaia ganhasse impulso maior, uma voz sobressaiu da multidão:

— Por Deus! Se é ou não o príncipe de Gales, isso pouco importa. O que sei é que é muito corajoso, menino. Por isso pode contar com a amizade de Miles Hendon. — E colocou a mão sobre a espada, à cintura.

Essas palavras foram proferidas por um rapaz alto, que parecia um cavaleiro, apesar de usar roupas gastas. Alguém na multidão aproveitou para zombar dele também:

— Vai ver é outro príncipe!

Mas se ouviu uma voz mais cautelosa:

— Cuidado! O homem está armado e parece que sabe usar essa arma...

— Vamos jogá-los no charco dos cavalos!

Podia ser fácil sugerir isso, mas Miles Hendon mostrava que seria bem difícil de fazer. Empurrou Eduardo para um canto e desembainhou a espada. A multidão encurralava os dois, mas os primeiros que tentaram pegá-los receberam cortes e pancadas. Os demais receavam se aproximar.

Nesse momento, um mensageiro a cavalo se aproximou dos portões:

— Abram! Abram que trago uma notícia urgente! — berrou o homem.

Aproveitando a distração oferecida pela novidade, Miles agarrou no braço do príncipe e se esgueiraram para longe do povo.

Mesmo escapando, porém, foram alcançados pela notícia, que vazava dos portões da Câmara e logo se expandia no boca a boca de milhares de londrinos:

— O rei está morto. Henrique VIII acaba de falecer.

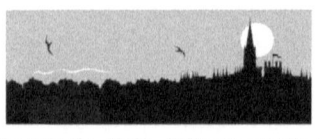

10

O AMIGO DE EDUARDO

QUANDO O PRÍNCIPE e seu novo amigo Miles Hendon chegaram à Ponte de Londres, toparam com nova multidão. O povo gritava "O rei morreu!

Acabou o terror!" e isso entristeceu o coração do jovem. Henrique VIII era um tirano feroz para os inimigos externos e para o seu povo, mas era seu pai; tantas vezes, amoroso e preocupado. Depois se ouviu:

— Viva Eduardo, o rei da Inglaterra! Viva o novo rei!

E essas palavras o consolaram. Agora ele seria o rei. Poderia colocar em prática muitas das teorias que vinha arquitetando nos últimos tempos. Em especial naqueles dois dias em que vivia na pele de um mendigo.

Miles morava numa estalagem na Ponte de Londres. Mal chegaram à porta do lugar, ouviram:

— Ah, então voltou? Agora é que não me escapa, Tom! — gritou João Canty, agarrando o "filho".

— Largue-me, cretino! — gritou Eduardo. — Que atrevimento!

— *Atrevimento?* — João se armou de um bastão. — Vai ver como isso aqui pode ser atrevido!

Miles puxou da adaga e ficou entre o homem e o garoto.

— O que se passa, senhor?

— Não se meta com o que não é da sua conta — rosnou João. — Esse pivete é meu filho e bem merece uma surra.

— Nunca! — reagiu Eduardo. — Ele não é meu pai. É um bêbado mau e violento.

— O garoto já respondeu — disse Miles. — É meu protegido e eu o defenderei.

— Mas é meu filho!

— Se o senhor é um pai tão desnaturado que o próprio filho o repudia, então não merece mesmo ficar com esse menino.

— Vocês me pagam! — João se afastou, resmungando pragas. — Eu voltarei, Tom... e juro que você e esse seu amigo pagarão caro por isso!

Miles encomendou uma refeição ao dono do albergue e depois subiu com Eduardo os três lances de escada até o seu quarto. Mal o garoto viu uma cama simples, jogou-se sobre ela:

— Por favor, deixe-me descansar. Acorde-me somente quando o criado trouxer a refeição. — Puxou a capa de Miles sobre o corpo e dormiu.

Miles, surpreso, ficou encarando seu novo amigo. "Que menino estranho!", pensou. "Tomou conta da minha cama feito um príncipe de verdade! Mas é corajoso. O que será que lhe aconteceu? Uma vida inteira de privações o levou à loucura, será?"

Cobriu-o melhor com seu manto e esperou pela comida. Quando chegou a bandeja fumegante, cutucou o garoto:

— Vamos comer! — disse Hendon, apontando a travessa.

Eduardo continuou imóvel.

— O que foi?

— Preciso lavar-me, senhor! — Indicou a bacia e a jarra.

Paciente, Hendon serviu água na bacia e a estendeu para o jovem. O menino lavou o rosto e as mãos e depois ficou com elas no ar. Miles levou alguns segundos até perceber que o "príncipe" esperava que ele lhe estendesse a toalha, distante alguns centímetros apenas.

Depois que o menino se enxugou, Miles se sentou ao lado dele.

— Como se atreve?

— O quê?

— Ninguém pode se sentar na presença do rei!

Hendon suspirou fundo. Agora era demais! "Doido varrido! Com a morte de Henrique VIII, esse tolo acredita que herdou o trono e agora é rei!" Divertindo-se com a brincadeira, ficou de pé atrás do "monarca". Eduardo comia com apetite; aos poucos se esqueceu do rigor da etiqueta real e puxou conversa:

— Se não me engano, senhor, seu nome é Miles Hendon, não é mesmo? Gostaria de conhecer sua história. É descendente de nobres?

— Meu pai Ricardo Hendon é baronete do condado de Kent. Um homem rico, mas infelizmente com um coração de ouro...

— Nunca ouvi falar dele... Mas por que lamenta a bondade de seu pai?

— Ouça minha história que entenderá... Mamãe morreu quando eu era muito criança e papai teve de cuidar de três filhos. Sou o filho do meio. Arthur, o mais velho, sempre foi bondoso como papai. Mas Hugo, mais novo que eu, é um espírito mesquinho e invejoso. Sempre foi assim, desde o berço. Há dez anos, quando o vi pela última vez, era um autêntico patife. Eu estava com vinte anos, Arthur contava vinte e dois e meu invejoso irmão caçula tinha dezenove. Não tive irmãs, mas minha prima Edith morava conosco. Estava com dezesseis anos nessa ocasião. Era bonita e encantadora, filha órfã de um conde e herdeira de grande fortuna. Meu pai era seu tutor.

— Continue, disse Eduardo, comendo sem oferecer alimento a seu protetor.

— Pois bem, senhor. Eu e *lady* Edith nos apaixonamos. Acontece que minha prima era prometida para meu irmão mais velho, desde o berço... O tempo passou e esperávamos que alguma coisa acontecesse para favorecer nossa união, já que Arthur amava outra moça e também não queria o casamento. Pois bem, senhor, a história é longa e não vale a pena entrar em detalhes... O fato é que meu irmão caçula também dizia amar Edith. Isso não era verdade! Ele era ambicioso e sabia que Arthur, o mais velho, tinha saúde precária. Queria a herança de Edith! E acabou convencendo meu pai de que eu pretendia raptá-la.

— Credo! Seu pai acreditou nele?

— Hugo tinha a capacidade de mentir e adular as pessoas, Alteza. Tanto falou contra mim, que papai resolveu me disciplinar. Exigiu que eu servisse o exército real, para acalmar meus impulsos rebeldes. Embarquei soldado nas guerras do continente, servi lealmente por três anos... Depois, acabei prisioneiro na última batalha e tenho andado em terras estrangeiras por sete anos. Afinal, consegui fugir e aqui estou de volta à Inglaterra, sem roupa, sem dinheiro... Nada sei do que aconteceu com minha família durante esses dez anos. Essa é a minha história!

Os olhos do pequeno rei brilharam de indignação:

— Você foi traído e enganado! Palavra de rei que lhe farei justiça! — Ficou pensativo um instante e concluiu: — Miles Hendon, sua dedicação merece uma recompensa. Peça qualquer coisa dentro do limite de meu poder real que será atendido.

O menino dizia aquilo com tamanha dignidade que Miles se comoveu. Resolveu fazer um pedido simples. Ajoelhou-se diante do garoto:

— Não fiz mais do que o meu dever, mas se Vossa Majestade acredita que mereço uma recompensa, peço o seguinte: o privilégio de sentar e comer ao lado do rei.

Eduardo, solene, colocou-se diante dele:

— Erga-se, *sir* Miles. Eu, Eduardo Tudor, filho de Henrique VIII e rei da Inglaterra, concedo-lhe o pedido. — Tocou com o lado da espada o ombro do homem. — Aceite, *sir* Miles Hendon, seu privilégio, que se estende a todas as futuras gerações de seus herdeiros. De agora em diante, é um dos poucos que pode se sentar à mesa do rei.

Miles ergueu-se, agradeceu e sorriu. "Ainda bem", pensou. "Senão teria de ficar de pé e servir esse moleque por semanas, até ele conseguir algum juízo de volta."

Enquanto jantava, Miles ouviu a história de Eduardo. O garoto descrevia com uma riqueza de detalhes impressionante, tanto sua vida na corte como o cotidiano com seu pai, Henrique VIII. Explicou sobre a troca de roupas com Tom e sua decepção com a provável traição daquele "amigo". Insistiu em afirmar os privilégios de Miles e como ele o recompensaria, quando retornasse ao palácio.

Miles ouvia e sorria: "Pois bem, eis que a sorte me sorri, afinal! Salvei o trono da Inglaterra e me tornei cavaleiro! Pena que do Reinado dos Sonhos e das Sombras."

E logo o cavaleiro e o soberano adentravam as agradáveis sombras de uma noite de sono tranquilo e reparador.

Logo que acordou, Miles tomara uma decisão. Gostava do menino; louco ou não, era inteligente e de bom coração. Decidiu que o adotaria e levaria consigo até a casa paterna. Conhecendo a generosidade do pai e de Arthur, sabia que o acolheriam de braços abertos.

"A hospedagem está paga, bem como o almoço de agora. Ainda tenho o suficiente para uma viagem de dois ou três dias, até o castelo de Hendon. Dá para lhe comprar uma roupa nova."

Tomada a decisão, Miles deixou seu novo amigo dormindo e desceu ao pátio. Quando retornou, hora e pouco depois, trazia um terno barato e usado, mas em melhores condições que os andrajos que o menino usava. Animado, tentou acordá-lo:

— Ei, garoto! Eduardo, vamos! Tenho um presente para você.

Nada de resposta. Perplexo, Miles puxou as cobertas. O garoto havia desaparecido! Nesse instante entrou o criado, trazendo o almoço.

— Sim, senhor, o garoto saiu logo depois do senhor... Um rapazinho entrou aqui correndo, dando o recado para o menino encontrá-lo do outro lado da ponte.

— Imbecil, não desconfiou de nada? E o que mais? O que você viu?

— Vi quando eles encontraram um homem de aspecto miserável e depois não sei, o patrão me chamou, eles se misturaram com a multidão...

— Roubaram meu pequeno! — lamentou Miles. — Perdi meu amiguinho que já estimava tanto.

Atravessou correndo a ponte do Tâmisa, rezando para que Deus lhe desse nova oportunidade de ajudar aquele estranho menino, mas que já conquistara seu coração.

11

REI MORTO, REI POSTO

NAQUELA MESMA MANHÃ, Tom acordou de um sono restaurador, lembrando de sonhos maravilhosos e absurdos. Mal abriu os olhos, sentou-se na cama e exclamou:

— Nan, Bet, joguem essa palha e venham para perto de mim! Acabou a tristeza! Vou contar o sonho mais doido e inacreditável que alguém já teve na vida!

Um vulto apareceu e uma voz austera indagou:

— Quais são as vossas dignas ordens, Majestade?

— Or-ordens? — Tom se apavorou. — Oh, não, então o sonho... diga-me, senhor, quem sou eu?

— Na verdade, até ontem à noite, era Eduardo Tudor, o príncipe de Gales. Hoje é nosso soberano, Eduardo VI, rei da Inglaterra.

Tom enterrou a cabeça no travesseiro, arrasado. Quando levantou o rosto, constatou apavorado que seu quarto era invadido por uma autêntica multidão! Surgiram como por encanto quinze camareiros, pajens, servos e dignitários variados, todos com a missão de vestir o rei.

Cada peça do rico vestuário passava de mão em mão até que o primeiro lorde camareiro, ajoelhado a seu lado, tocava o corpo real e delicadamente o vestia. Era uma cerimônia detalhada e cansativa. Tudo — camisa, meias, colete etc. — tinha de passar por esse ritual solene.

"Coragem", pensou Tom. "Daqui a pouco esse suplício acaba".

Para sua surpresa, quando chegou até ele o segundo pé de meia, houve um ligeiro tumulto. O lorde camareiro, ruborizado, apressou-se em devolver a peça ao arcebispo de Canterbury, sussurrando: — Oh, *milord*, veja! — O arcebispo olhou a peça e também se escandalizou, devolvendo-a ao criado a seu lado e assim sucessivamente a meia retornou sua trajetória.

Atônito, Tom viu a peça seguir pelas quinze pessoas, até que o último dignitário, com o rosto pálido, exclamou asperamente:

— Santo Deus! O tecido desfiou! Levem preso o chefe responsável pelas meias do rei! À Torre de Londres com esse safado! — E se apoiou no ombro do primeiro lorde, para recuperar suas forças abaladas.

Ainda bem que o restante da vestimenta não apresentou defeitos. Assim, ao cabo de duas horas Tom estava pronto para sair da cama.

Foi então conduzido com toda a pompa para a sala do trono, onde deveria cuidar dos negócios do Estado. Seu "tio" *lord* Hertford se colocou ao lado, para orientá-lo com sábios conselhos.

Atendeu primeiro uma comissão de homens ilustres, que tratava dos funerais reais. O enterro de Henrique VIII estava marcado para o mês seguinte!

— Mas o defunto aguenta? — disse Tom, surpreso. — Isso é uma loucura!

Pobre garoto, não estava acostumado aos hábitos da realeza. Acostumara-se a ver os infelizes que morriam em Offal Court serem removidos o mais rápido possível para o cemitério público, sem pompa ou cerimônias fúnebres. *Lord* Hertford cochichou que tudo ficaria bem e passaram a novo assunto.

As contas do reino! Foi um espanto Tom descobrir que seu falecido "pai" acumulara dívidas no valor espantoso de 28 mil libras durante o último semestre! E que ainda 20 mil precisavam ser pagas. Mais nervoso ele ficou ao descobrir que os cofres estavam vazios e que mais de mil servos passariam necessidade por atrasos nos salários.

Como possuía grande compreensão da miséria, Tom não teve dúvidas em como resolver o problema:

— Estamos arruinados e precisamos reduzir os gastos. Para que manter tantos criados? Eles só me atrapalham com esse monte de mesuras, parece que eu sou um aleijado, não me deixam fazer nada! Chega, vamos despedir a maioria. E depois, para que esse palácio aqui, que necessidade temos de um lugar tão grande? Conheço uma ótima casinha perto do mercado de peixe que...

Mas foi interrompido por um discreto beliscão de *lord* Hertford, para que se calasse. Tom ruborizou e olhou em volta; a centena de dignitários se mantinha impassível como se nada tivesse ouvido.

Em seguida veio a notícia de que Henrique VIII, antes de falecer, assinara documentos aumentando o rendimento de *lord* Hertford e outros "leais servidores da corte", perfazendo novas milhares de libras de despesas. "Que loucura!", pensou Tom. "Estamos sem um tostão e ainda inventam despesas!" Mas, diante de outro discreto beliscão do "tio", confirmou as nomeações.

À tarde, Tom conseguiu algum tempo de lazer ao lado da irmã e da prima. Embora elas estivessem abaladas pela morte de Henrique VIII, puxavam assuntos leves, o que o distraiu. Certa hora, Tom reparou num menino magrelo, que devia ter os mesmos doze anos que ele, encolhido num canto da sala. Pediu que as parentas saíssem e o chamou com um gesto:

— Quem é você?

— Oh, majestade, não me reconhece? Sou Humphrey Marlow, vosso Menino das Chicotadas.

— Como? Meu Menino das...

— Das Chicotadas, Majestade. Quando Vossa Majestade se enganava nas contas ou não sabia a lição, o seu professor aplicava em mim as chicotadas que a lei não permitia que fossem ministradas nas suas costas principescas.

— Como? — Tom estava surpreso. — Quer dizer que eu cometo os erros, e você é que apanha em meu lugar?

— Sim, Majestade. E hoje deveria receber três surras por causa dos erros que o senhor cometeu anteontem... Mas com o luto oficial pela morte do rei, acredito que uma anistia geral deve ser proclamada.

— Claro, fique sossegado. Hoje você não será açoitado! Espero que nunca mais!

— Oh, Majestade, não faça essa crueldade comigo! — O menino apavorado se lançou aos pés do rei. — Eu e minha mãe viúva precisamos dessas surras! Minhas três irmãs menores estão passando fome.

— O quê? — Tom estava cada vez mais surpreso.

— Suplico que o professor me dê o castigo, senhor. Recebo por cada surra um dinheiro que sustenta a família. Oh, Deus! Mas agora que é rei, creio que não terá mais aulas, irá tratar de assuntos mais sérios! Então não terá mais necessidade de um Menino das Chicotadas. Será a ruína da minha família!

Tom se comoveu com a aflição do garoto e o acalmou, dizendo:

— Não se preocupe mais, Humphrey Marlow, grande Menino das Chicotadas. Eu proclamo que o seu ofício seja permanente e garanto que voltarei aos livros. Sou tão ignorante e estudante tão relapso que meu professor deverá me passar um monte de chicotadas! Pode ficar sossegado, que suas costas sustentarão a sua família por muito tempo...

— Oh, obrigado, Majestade! A sua generosidade assegurou o meu futuro!

Começaram a conversar. O menino era esperto, seu falecido pai já servira na corte e ele conhecia um bocado sobre o cotidiano do palácio. Quando *lord* Hertford solicitou uma audiência, ao final da tarde, surpreendeu-se em saber que Tom estava "por dentro" de muitas notícias, descobertas através dos olhos e ouvidos de seu Menino das Chicotadas. O "tio" achou que, como sua memória melhorava, poderia se lembrar de onde escondera o sinete real.

— Como ele é? — perguntou Tom, inocente.

"Oh, que tolice a minha", pensou Hertford. "Pensei que já estivesse curado... mas sua memória ainda voltará plenamente." Mudou de assunto e explicou que, para evitar comentários maledicentes a respeito da saúde do rei da Inglaterra, era urgente que marcassem o encontro com os embaixadores estrangeiros.

12
AS DECISÕES DE UM REI

NO DIA SEGUINTE, Tom recebeu as delegações estrangeiras. Na sua opinião, foi um "dia perdido". Discursos sem fim, pessoas pomposas que nada diziam de importante, cerimônias lerdas e solenes com finalidade muito pouco prática... Sentia-se dentro de uma gaiola dourada e ele, como passarinho principal, pouco mais podia fazer do que exibir sua plumagem e cantar conforme a música estipulada pelos conselheiros.

No quarto dia, Tom despachava com os ministros quando ouviu um estranho burburinho às portas do Castelo de Westminster. Perguntou o que era a Hertford, mas ele não sabia:

— Quer que mande um pajem saber o que acontece?

Tom concordou, feliz em se distrair da aborrecida solenidade. O pajem voltou dizendo que o povo acompanhava três condenados que seguiam ao patíbulo, por crimes cometidos contra a paz e a dignidade do reino.

— Ao patíbulo? — exclamou o pequeno rei, afastando-se da janela. — Que fim horrível! Quem são eles?

— Um homem, uma mulher e uma jovem, Majestade! — disse o pajem.

Impulsivo, Tom determinou:

— Que sejam trazidos à minha presença!

As portas se abriram e inúmeros nobres entraram, seguidos por soldados, juízes e finalmente, os réus, presos com grilhões nos pés. Tom observava suas fisionomias; o homem, em especial, não lhe era estranho... Afinal, lembrou-se. Era um desconhecido que salvara um menino, seu colega de mendicância em Offal Court. Tom estava presente quando o homem se atirou do cais e nadou corajosamente até o garoto que se debatia na água. "Ainda tenho gravada na memória a cena inesquecível", pensou Tom. "Arriscou a própria vida! E agora, está condenado por um crime. O que é a natureza humana."

Tom ordenou que a mulher e a menina se afastassem por um tempo. Dirigiu-se ao magistrado:

— Que crime cometeu esse homem?

— Ele é acusado de tirar a vida de outro homem com veneno, Majestade. Sua culpa foi confirmada.

— Veneno? Realmente é um crime terrível. Que pena... Ele tem muita coragem. — Tom percebeu sua gafe e consertou as palavras: — Quer dizer, ele parece ter muita coragem.

Realmente, o pobre acusado revelou coragem, ao se lançar aos pés do monarca:

— Tenha compaixão, Majestade! Sou inocente! Não cometi o crime de que me acusam, mas se meu julgamento não pode ser mudado, eu imploro pelo menos uma graça... Permita que eu seja enforcado, senhor!

Tom estava estupefato. Jamais esperaria por um pedido desses.

— Não entendo... Esse já não é o seu destino?

O homem tornou a explicar:

— Oh, bom soberano, na verdade, não. Infelizmente a minha pena é que eu seja fervido vivo.

A tremenda surpresa de Tom quase o fez cair do trono. O conde de Hertford explicou:

— *Milord*, é a punição estipulada pelas leis inglesas para casos de envenenamento. É o costume. Na Alemanha, os falsificadores de moedas são submetidos a torturas ainda piores.

— Basta! — Tom estava revoltado. — Ordeno que essa pena seja mudada. De hoje em diante, não se matará mais nenhum homem dessa maneira cruel.

O oficial de justiça ia retirando o prisioneiro, mas Tom ordenou que ficassem. Queria saber mais detalhes do crime.

— Na vila de Islington havia um doente, sozinho e dormindo — disse o oficial. — Esse homem entrou escondido na casa e fez alguma coisa, porque, tão logo saiu, o infeliz teve terríveis convulsões e morreu. Os médicos afirmaram que essa morte não seria possível senão através de envenenamento.

— O veneno foi encontrado? Alguém viu esse homem ministrando a droga ao paciente?

— Não, Majestade. — Continuou o oficial. — Mas na vila há uma feiticeira que prenunciou que aquele infeliz faleceria envenenado por um estranho. Como Vossa Majestade percebeu, o acusado realmente entrou na casa do falecido e era um estranho em Islington.

— Majestade, por Deus, deixe-me falar! — implorou o homem. — Eu *era* estranho em Islington, *sou* um estranho e provavelmente *serei* um estranho ali... Jamais coloquei os pés nessa cidade! No dia em que me acusam de envenenar o pobre coitado estava aqui em Londres!

Um murmúrio percorreu a multidão. Realmente, as provas contra o réu eram muito vagas. Tom insistiu:

— E por acaso pode provar o que afirma? Que estava em Londres na ocasião?

— Sim, Majestade! No dia em que fui acusado de envenenar o moribundo, eu estava na Ponte de Londres. Um menino caiu no rio e eu pulei no Tâmisa, para salvá-lo. Uma grande quantidade de meninos mendigos presenciou esse gesto, *milord*.

— Meninos mendigos! — murmurou um dos juízes, com uma careta irônica. — É possível dar crédito a tais testemunhas?

A frase foi acompanhada por risos de escárnio e piadinhas. Mas Tom estava lívido; transtornado. As palavras do homem confirmavam o que sabia dele. Realmente era um homem de coragem, um herói. E vítima de circunstâncias trágicas, coincidências e superstição. Tom ordenou:

— Libertem o homem! Lembro do caso. Quer dizer, conheço esse salvamento. Ele não é um envenenador. É a vontade do rei!

Sua atitude enérgica e decisiva incentivou no salão fortes murmúrios admirados. Comentava-se:

— Uma pessoa capaz desse raciocínio não pode estar louca. Graças a Deus que curou o nosso rei.

— E que rei! Enérgico, altivo... digno filho de Henrique VIII — afirmou outro cortesão.

Tom exultou com a aprovação de seu gesto e mandou que chamassem as duas mulheres.

— Que crime cometeram? — perguntou ao oficial.

— Um crime horrível, Majestade — disse ele. — São acusadas de terem se vendido ao diabo e provocado uma tempestade. De acordo com a lei, é um crime que as condena à forca.

Tom estremeceu. Era religioso e aprendera a odiar as pessoas que praticavam tais atos. Mesmo assim, estava curioso:

— E como fizeram isso? Onde?

— Numa igreja em ruínas, à meia-noite, depois de um gélido dia de dezembro.

— Verdade? Como as testemunhas descreveram essa venda ao diabo?

— *Sir*, a tal hora, com um tempo desses... só as acusadas estavam na igreja. E o diabo, claro!

— Então elas confessaram esse crime horrendo.

O oficial pareceu constrangido e teve de reconhecer que não. Ambas negavam tudo da maneira mais absoluta.

— Que idade tem a menina? — perguntou o jovem rei.

— Nove anos, *sir*.

— E ela mesma se vendeu ao diabo? Tão jovem? É possível que uma criança dessa idade possa ela mesma entrar em negócio e vender-se?

— Claro que não, Majestade. — Um outro magistrado, especializado em questões de menores de idade, adiantou-se e explicou: — Na Inglaterra, é proibido que uma criança participe de negócios relevantes.

— Então a menina vendeu inutilmente a alma ao diabo?

Solene, o juiz prosseguiu:

— Sim, Majestade. Em outros países o diabo pode comprar uma criança, se a criança concordar... Mas aqui na Inglaterra isso é vedado pelo nosso código.

O rei pensou por um instante antes de ironizar:

— Poxa, mas essa lei inglesa me parece bem pouco cristã, já que nega a seus cidadãos o privilégio que concede ao diabo! E como agiam elas para incentivar a tempestade?

— Muito simples, Majestade. Elas tiravam as meias.

Aí sim, a curiosidade real foi despertada:

— Ora, que maravilha extraordinária! E podem fazer isso a qualquer hora?

— Basta que seja da vontade da mulher.

O rei chamou a acusada mais à sua frente, bateu palmas:

— Quero ver isso! Vamos, tire as meias e desencadeie uma linda tempestade!

A infeliz se jogou aos pés do monarca, chorando:

— Não posso, senhor! Não tenho o poder de fazer isso! Sou inocente do que me acusam! Se tivesse tantos poderes, não imagina que tudo faria, desde que livrasse minha pobre filha desse horrível destino? Mas não posso!

Tom se comoveu com suas palavras. Dirigiu-se a todos os presentes:

— Senhores, creio que podemos acreditar na sinceridade dessa mulher. Minha própria mãe, se tivesse poderes diabólicos, não hesitaria em usá-los, colocando toda a Terra em risco, desde que pudesse salvar minha vida. Qualquer mãe do mundo assim agiria... Se ela apenas implora piedade, é porque não tem outros poderes. Está livre, senhora, pois sei que é inocente.

Enquanto os soldados libertavam as aliviadas mãe e filha, o rei ainda completou:

— Vá em paz... Mas se algum dia descobrir que tem o dom de provocar algum fenômeno atmosférico, não se esqueça de mim. Ainda quero ver uma tempestade acontecer por causa de um par de meias!

13
DODÔ I, REI DAS NUVENS

MILES HENDON TERMINOU o primeiro dia de busca exausto. Por mais que indagasse em toda a Londres pelo menino que se supunha o rei da Inglaterra, nada conseguiu descobrir. Afinal, decidiu não modificar a intenção inicial. Voltaria ao castelo paterno.

"O pobrezinho nunca teve um amigo e sabe que pode contar comigo", pensou. "Se tiver oportunidade, há de se lembrar da minha história e aparecer no castelo de Hendon". Deixou sua busca nas mãos de Deus.

E como o rei precisava dessa ajuda divina! Quando Eduardo saiu da estalagem, seguiu o mensageiro que dizia vir por parte de seu amigo

MARK TWAIN | **45**

Miles. Encontraram-se mais adiante com dois homens malvestidos. Um deles, indivíduo asqueroso, de olho vendado e braço esquerdo na tipoia, disse que Miles estava ferido na floresta e chamava por ele. Diante dessa notícia, Eduardo aceitou prosseguir.

Por fim, chegaram a uma casa em ruínas, ao lado de um celeiro abandonado. O rei, apreensivo, olhou em volta: tudo deserto. Um dos homens então se revelou: era João Canty.

— Filho desnaturado... — gozou o homem. — Nem reconheceu o próprio pai!

— Não é meu pai nem sou seu filho! Sabe que sou o rei da Inglaterra e se escondeu o meu amigo ou lhe fez algum mal, juro por Deus, pagará caro por isso.

O homem de tapa-olho — cujo nome era Hugo — caiu na risada. João explicou da loucura do filho e ordenou:

— Escute bem o que vou dizer, moleque! Matei um homem e agora não posso retornar a Londres. Mas preciso dos seus serviços. De agora em diante meu nome é João Hobbs e você é meu filho Jack, Jack Hobbs. Entendeu?

Irritado, o rei se encolheu num canto do celeiro, enquanto os dois pilantras organizavam um plano e esperavam o anoitecer. Cochilou e só foi despertar com o barulho da chuva caindo no telhado da velha casa.

Atarantado, abriu os olhos e deu de cara com um espetáculo grotesco: uma fogueira acesa na outra ponta do celeiro iluminava um grupo de mais de vinte bandidos. Eram pessoas de ambos os sexos e de idades e tipos diferentes. Havia jovens franzinos, mendigos de olhos vendados, aleijados com pernas de pau, velhas bruxas encarquilhadas, jovens sedutoras ou crianças de colo, de ar doentio, além de dois vira-latas que serviam de guia de cego.

O grupo seguia em conversa animada. Primeiro, Hugo apresentou os novos membros do bando, "João Hobbs e seu filho Jack". Para a alegria dos bandoleiros, o novo membro se gabou do assassinato cometido em Londres e que, por isso, precisava "dar um tempo" na cidade. Falaram então de antigos companheiros de bandidagem e um homem, de nome Hodge, narrou suas mazelas:

— Cheguei a ser fazendeiro! Minha bondosa mãe morava comigo, com a patroa e as três meninas. Ela era benzedeira, curava os doentes. Infelizmente, um desses doentes morreu e os vizinhos acusaram minha velha de ser uma feiticeira. A pobre era inocente, mas, mesmo assim, foi condenada à fogueira pela boa lei inglesa... Perdi a fazenda e tivemos de fugir. Fui preso por mendicância porque precisei pedir comida de porta em porta. Pela lei inglesa, é um crime ter fome... Minha esposa e as crianças não resistiram a tantos sofrimentos e acabaram morrendo. Fui vendido como escravo pela boa lei inglesa! Fugi e agora estou aqui no bando. Se for apanhado, serei enforcado, para que sejam cumpridas as leis da Inglaterra!

Nesse momento, uma vozinha infantil dominou as outras, com seu tom agudo:

— Isso não acontecerá, porque a forca foi abolida da Inglaterra. Quem lhe diz isso é o próprio rei.

Eduardo VI, que estava oculto e silencioso até então, surgiu de maneira imperativa. O silêncio dominou por alguns instantes, até ser rompido por gargalhadas sarcásticas:

— De onde saiu esse moleque? O que está dizendo?

João Canty explicou:

— É meu filho, que enlouqueceu. Não se importem com ele... Pensa que é o rei da Inglaterra! — Agarrou o menino pelos cabelos e arrastou-o até o meio do grupo. — Sua cabeça está cheia de fantasias... Nada que uma boa surra não cure!

O chefe do bando impediu que o garoto fosse espancado. Olhou bem para o menino e decidiu:

— Pense o que quiser, mas não use um título que nos prejudique, entendeu? Podemos ser homens maus, de certa maneira. Mas ninguém aqui trairia nosso rei. Nesse ponto somos leais e sinceros.

O líder, para mostrar que falava a verdade, completou:

— Que tal saudarmos nosso soberano? — Agitou os braços e gritou: — VIVA EDUARDO, REI DA INGLATERRA!

O grito ecoou com tanta força que as paredes do celeiro estremeceram. Radiante de alegria, Eduardo inclinou-se solenemente:

— Eu agradeço, querido povo.

Ninguém conseguiu conter o riso diante de resposta tão surpreendente. O líder teve uma ideia:

— Se esse pobre doido faz tanta questão de realeza, por que não lhe darmos um título?

Alguém sugeriu:

— Que tal Dodô I, Rei das Nuvens?

O título agradou e logo a multidão ovacionava:

— Viva Dodô I, Rei das Nuvens! Longa vida ao novo rei!

— Vamos coroá-lo! — gritou uma velha.

— Uma cerimônia! Queremos uma linda cerimônia! — gritou uma jovem.

— Precisamos arrumar um trono!

— E um cetro! E coroa!

Antes que a pobre vítima pudesse protestar, ele se viu coroado com uma bacia, sentado num barril em vez de trono, carregando um velho cobertor como manto e uma vareta em lugar de cetro. Então o povo se ajoelhou diante dele, bradando:

— Ó, rei magnífico!

— Não maltrate seus súditos, Majestade!

— Tenha piedade de seus escravos!

— Se quiser, pode me dar um pontapé real, que eu agradeço! — disse um garoto, virando-lhe o traseiro.

— Ou se preferir, venha cuspir em nossas cabeças, Majestade, para honrar a nossa descendência! — provocou uma moça, chacoalhando os longos cabelos no rosto do "rei".

E assim, um por um dos bandidos ofereceu sua homenagem a Eduardo VI (ou Dodô I, Rei das Nuvens), prometendo fidelidade e obediência eternas. O menino tremia de ira e indignação e só não chorava porque era orgulhoso demais. Contemplava o bando e pensava se um dia poderia retomar o trono e o que faria, para modificar tanta coisa que lhe parecia muito, muito errada em seu país.

14
AVENTURAS DE EDUARDO VI

O BANDO PARTIU NA MADRUGADA seguinte. Era uma manhã chuvosa, mas mesmo assim o grupo ruidoso seguia rindo e gracejando. Numa ligeira oportunidade, invadiram a casa de uns colonos, onde saquearam os víveres e ofenderam mãe e filha; ameaçaram também incendiar a casa, se fossem denunciados às autoridades.

E assim prosseguiram. Pelo meio-dia, fizeram parada próxima a uma aldeia e dividiram-se em pequenos grupos. O líder confiou "Jack" ao mendigo Hugo, dizendo que João Canty se afastasse dele por uns tempos. Preveniu também Hugo de não aborrecer o garoto, dando-lhe tempo, quem sabe, de recuperar a sanidade.

Hugo resolveu usar o rei como cúmplice num pequeno golpe. Apontou um homem que vinha pela estrada:

— Jack, vamos fazer o seguinte... eu me jogo no chão, fingindo um ataque. Você começa a gritar. Diga que sou seu irmão, doente e faminto e peça um níquel. Entendeu? Ele já vem chegando. Vamos lá!

Dito e feito. O mendigo se jogou no chão, rolando sobre o estômago e gemendo. O andarilho apressou o passo e acudiu o doente:

— Coitado!

E perguntou para o menino:

— O que tem esse rapaz?

O rei permanecia imóvel à beira da estrada. Afinal, vendo que não teria colaboração, o próprio Hugo prosseguiu na farsa. Sentou-se com dificuldade e implorou:

— Ah, senhor! É a miséria... Olha a que ponto cheguei. Mas se tivesse dois níqueis...

— Claro, disse o homem, tirando duas moedas do bolso e estendeu-as ao mentiroso.

— Obrigado, meu senhor, Deus lhe pague! Assim poderei me alimentar e a meu irmãozinho, que não fala por causa da fome.

— Ele não é meu irmão — reagiu Eduardo.

— Quanta ingratidão! — prosseguiu Hugo, apoiando-se no benfeitor. — É incapaz de ajudar o próprio irmão, que está com o pé na cova!

A atitude do garoto, porém, intrigava o benfeitor. Depois de conduzir Hugo até a margem, dirigiu-se ao menino:

— Se ele não é seu irmão, quem é então?

Eduardo respondeu:

— É um mendigo e um ladrão. Roubou a sua carteira enquanto o senhor tentava ajudá-lo. Se quer ver uma cura milagrosa, dê-lhe uns pontapés que vai ver como esse morto de fome se levanta depressa...

Hugo, porém, não quis esperar para ver se o homem aceitava o conselho e saiu na disparada. Quando percebeu que realmente sua carteira havia sumido, o pedestre foi atrás dele, em perseguição.

Então Eduardo se viu sozinho no meio da estrada. Aproveitou essa oportunidade única e correu em sentido contrário, o mais que pôde.

Só parou horas depois, quando estava diante de uma casinha de camponeses. Bateu à porta, tencionava pedir um pedaço de pão. Mas antes mesmo que pudesse dizer coisa alguma, ouviu latidos e uma voz de homem:

— Caia fora, mendigo! Aqui a gente não alimenta vagabundos.

Humilhado e faminto, o rei resolveu prosseguir, prometendo não mais se submeter a tal vexame. Quando a noite chegou, ainda estava ao relento, com frio e com medo.

Eram tempos supersticiosos e um menino certamente temia as assombrações e monstros que habitavam as florestas, à noite. Eduardo prosseguiu andando no escuro, com os dentes batendo de frio e de medo, até que seus olhos captaram uma sombra de construção, adiante.

Era um celeiro. O menino entrou devagar, receoso...

— Muuuuu...

Quase deu um grito de pavor! Então reconheceu uma vitelinha, acomodada na palha do canto.

— Oh, você é bonita... e quentinha. Posso dormir a seu lado?

Claro que a vitela não respondeu; mas sua imobilidade incentivou o rei a procurar conforto próximo a ela. Logo, estava aquecido e feliz.

Afinal, o dia não fora de todo mau. Podia ter fome, mas estava livre do "pai" cruel e do bando de assaltantes, que não iriam mais humilhá-lo ou obrigá-lo a roubar. Tinha um lugar aquecido para passar a noite e certamente o dia seguinte lhe traria novas e fascinantes descobertas... Agradeceu a Deus e adormeceu profundamente.

A seu lado a vitelinha também dormia, sem se perturbar com o frio ou com a honrosa presença do soberano da Inglaterra.

Mal o dia raiou, Eduardo ouviu vozes fora do celeiro. A porta foi empurrada e entraram duas meninas que o examinaram como a um animal raro. Por fim, a mais corajosa perguntou:

— Quem é você?

A resposta foi a de sempre:

— Sou o rei!

As duas irmãs arregalaram os olhos, mudas por um minuto. Por fim, a curiosidade falou mais alto. A mais velha, Prissy, perguntou:

— Que rei?

— Ora, o rei da Inglaterra, é claro!

A mais nova, Margery, murmurou:

— Acredita nisso, Prissy?

A outra deu um profundo suspiro:

— E por que não? Por que ele mentiria? Quem diz mentiras vai para o inferno!

Resolvidas nesse ponto de credibilidade, as meninas se dispuseram a ouvir as aventuras do "rei". Muito se comoveram com as surras do "pai" malvado e com suas andanças solitárias pelo bosque, até achar o celeiro. Quando ouviram que estava sem alimento há tanto tempo, levaram Eduardo até a mãe.

A mãe das meninas era uma viúva simples e bondosa, que já sofrera na vida e reconhecia o valor da caridade. Acolheu o menino maternalmente, e, quando o ouviu afirmar que era o rei da Inglaterra, imaginou que era um desequilibrado e se compadeceu dele. Ofereceu-lhe um bom café da manhã e tentou descobrir de onde ele vinha. Fugira de casa? Ou da casa dos patrões? Teria algum ofício? Mas o menino desconhecia tarefas simples de sapateiro ou ferreiro e revelou pouquíssima familiaridade com a vida no campo.

Afinal, ouvindo-o descrever com detalhes os banquetes da corte, imaginou que servira em alguma família rica, talvez como ajudante de cozinha. Resolveu testar sua teoria e lhe indicou alguns ingredientes, para que adiantasse o almoço enquanto ia com as meninas cuidar de tarefas da fazenda. Eduardo, ansioso em colaborar, concordou.

Quando ficou sozinho, porém, atrapalhou-se. Como era difícil cozinhar! Começou a fritar cebola sem colocar óleo na panela e misturou ovos com casca junto a batatas cruas... Enfim, quando suas benfeitoras retornaram, encontraram a cozinha enfumaçada e muita comida desperdiçada!

Irritada, a camponesa ralhou com ele e adiantou como pôde uma refeição. Arrependeu-se, porém, da severidade da bronca e deixou que o "vagabundo" comesse com a família, em vez de ficar com as sobras. Era uma generosa concessão; Eduardo, por sua vez, humilhado pelo fracasso doméstico, também foi condescendente e aceitou companhia à mesa real. Por esses motivos, o almoço decorreu em tranquila e mútua generosidade.

Quando terminaram, a mulher pediu que Eduardo ajudasse na louça. Aí era demais! O reizinho ia recusar, mas a mulher lhe colocou as panelas nas mãos e indicou os fundos, onde havia sabão e baldes de água. O menino acatou a ordem, a contragosto; ouviu também uma série de outras tarefas que teria de cumprir, "caso quisesse contar com a hospitalidade da fazenda", como fiar a lã, buscar água do poço, arrumar a despensa...

Aquilo lhe pareceu tão pouco adequado à dignidade real! Essa lista de tarefas e o fato de ver vultos à distância, que lhe pareceram ser de Hugo e João Canty, levaram-no a desistir da vida na fazenda.

Aproveitou que a área de serviço ficava nos fundos, deixou a louça num canto da casa e desapareceu por um caminho.

15
UM REI LADRÃO

EDUARDO NÃO CONHECIA o lugar tão bem como seus perseguidores e acabou caindo nas garras de Hugo e de João Canty. Foi levado de volta ao covil dos ladrões.

O retorno do rei, Dodô I, foi recebido com muitas zombarias. Os mendigos comentaram que seu amigo Miles Hendon andara na trilha do bando, perguntando por ele. Então não fora abandonado totalmente! Era uma esperança e Eduardo apegou-se a ela.

Durante alguns dias, Hugo se encarregou de vigiar o rei. Sempre que podia, empurrava-o ou pisava em seu pé, "sem querer". As surras impiedosas estavam proibidas pelo chefe, que tinha certa simpatia pelo "louquinho" espirituoso, mas as provocações de Hugo seguiram até que eles acabaram em meio a uma roda, numa luta com varapaus.

Para um menino treinado pelos melhores espadachins da Europa, aquele tipo de contenda era um bem-vindo treinamento. Facilmente o garoto atirou Hugo ao chão, com uma cacetada de mestre. Entre a risada geral, o mendigo se levantou, cego de vergonha, dando bastonadas a esmo para ser posto a nocaute. Depois dessa vitória, a multidão estropiada trocou o apelido jocoso de Dodô I para Rei dos Galos de Briga. Era uma bobagem, mas isso animou o rei, que conquistara respeito por sua habilidade.

Mas essa vitória também lhe custaria caro. Hugo o odiou mais que nunca e preparou para se vingar na primeira oportunidade!

Certa manhã, Hugo e Eduardo foram a uma aldeia próxima. Uma camponesa andava lentamente à frente deles, carregando um embrulho no colo. Era a vítima perfeita! Hugo deu um sopapo no pacote, agarrou-o e passou-o para o menino, gritando:

— Corra, moleque, fuja!

Surpreso, Eduardo se atrapalhou. A mulher já gritava "pega, ladrão", certa de que ele era o larápio. Hugo lhe acenou mais adiante, detrás de um muro:

— Para cá, depressa, venha atrás de mim se tem amor à pele!

Atarantado, Eduardo obedeceu. Hugo, porém, indicara um beco sem saída. Mal confirmou que uma multidão acudia a mulher, o traidor se esgueirou por uma brecha na parede e largou o menino nas garras de seus perseguidores!

— Pega o ladrão! — gritava a mulher, furiosa com o suposto bandido, agarrando-o. — Agora o peguei, seu malandro!

— Mulher, como se atreve a me falar assim? — Eduardo tentava se desvencilhar. — Não fui eu quem a roubei!

A multidão cercou-os. Um ferreiro propunha lhe dar uma surra; um velho sugeria que linchassem o menino ali mesmo; uma camponesa cuspiu em seu rosto... A situação ficava perigosa. Nesse momento, uma voz familiar procurou acalmar os ânimos:

— Calma, boa gente. Uma questão dessas não se resolve com insultos ou com violência. É melhor cuidar disso num tribunal. Largue o menino, senhora.

O rei sentiu os olhos arderem, comovido pela fortuita intromissão e por reconhecer o seu benfeitor. Era Miles Hendon, que surgia inesperadamente para livrá-lo do apuro.

— *Sir* Miles! — exclamou o rei. — Como demorou a chegar, mas pode agora dar uma lição nesses atrevidos, *sir*!

Miles não deixou de sorrir com o "título". Pensou: "Valha-me Deus, esqueci que esse 'rei de araque' me sagrou cavaleiro! É incrível como ele se apega a essas loucas fantasias!" Falou:

— *Sir*, não posso atacar o povo que apenas procura por justiça. Foi acusado de roubo, isso pede uma audiência com o juiz. Um rei não deve se revoltar contra as leis que ele mesmo decretou...

Eduardo, gravemente, concordou:

— Tem razão. É melhor seguir até o magistrado. Fique tranquilo, *sir* Miles: darei um exemplo de disciplina que ficará famoso na História, como um rei que acatou sua própria justiça!

Um soldado, depois de ouvir um e outro camponês, acompanhou o grupo até o Fórum. O juiz parecia uma ótima pessoa. Fixou o acusado com olhos compassivos e começou o interrogatório dirigindo-se à camponesa:

— Tem certeza de que esse menino é o ladrão?

— Juro.

— Que objeto foi furtado? Era algo caro?

A mulher afinal abriu o embrulho e soltou um leitãozinho no chão. Um murmúrio se ergueu do povo em redor; Miles suspirou e passou a mão pelos cabelos, num gesto desalentado.

— Qual é o preço desse leitão? — perguntou o juiz.

— É de sete moedas de ouro — disse a mulher. — Não posso descontar um centavo, custa isso em qualquer mercado.

O juiz cochichou para o soldado, pedindo que esvaziasse a sala de expectadores. Depois que ficaram apenas os envolvidos, falou gravemente para a mulher:

— Senhora, estamos diante de um caso de consciência. Está em jogo o destino desse pobre garoto. Está claro que roubar é um erro e um pecado; talvez tenha agido pela fome... Ele não me parece tão mau assim!

— Concordo, juiz — disse a mulher, mais calma depois de reaver o leitão. — Parece apenas um pobre garoto.

— Mas devo lhe informar que a lei da Inglaterra pune qualquer roubo no valor acima de cinco moedas de ouro com a forca. Não importa a idade do ladrão... Terei de mandar executar o menino.

O acusado deu um pulo e a mulher deu outro, gritando:

— Santo Deus! Que absurdo! Não faltava mais nada, enviar esse infeliz à forca por minha causa. Deve haver outro jeito de resolver esse assunto!

— Se a senhora retificasse o valor do objeto...

A mulher entendeu a sugestão e imediatamente disse que o porquinho custava duas moedas de ouro. O magistrado sorriu e encerrou o caso.

A camponesa saiu por uma porta, carregando consigo o leitão, seguida pelo guarda. O modo furtivo do homem deixou Miles desconfiado e ele os acompanhou. Mal a mulher chegou à saída, o soldado a abordou:

— Eu lhe dou duas moedas de ouro pelo porco.

— Está doido? Esse leitão vale três vezes isso!

— Então você mentiu no depoimento. Se agora não quer vendê-lo pelo preço que afirmou... a gente pode voltar ao magistrado e ele terá de enforcar o menino.

— Não, isso não! Oh, céus! Quanta ingratidão, que oportunismo canalha, criatura! Está bem, chega desse assunto. Passe logo essas duas moedas e me deixe voltar para casa! Maldita hora que vim à aldeia com o porco.

Feliz da vida, o soldado pagou o leitão e guardou-o numa despensa. Miles presenciou a cena e retornou ao juiz. Como previra, a sentença de Eduardo era leve, deveria ficar apenas uns dias na cadeia.

O mesmo guarda foi indicado para conduzir o menino à prisão.

— E agora? — disse Eduardo, dirigindo-se a Miles. — Terei mesmo de ficar preso? Isso é uma indignidade para um rei! E um rei inocente, ainda por cima!

— Cale-se um pouco, Majestade... Às vezes, esse jeito de falar fora de hora mais lhe arruma encrencas do que traz vantagens. Fique totalmente calado e deixe a coisa comigo.

O soldado conduzia o prisioneiro amarrado pelo pulso. Miles ia um pouco atrás. Quando saíram da praça e imbicaram numa rua mais erma, disse para o guarda:

— Pode parar um instante, senhor? Queria lhe falar em particular. É a respeito de um porco. Um leitãozinho que bem pode custar seu emprego. Ou sua cabeça!

— O quê? — O homem diminuiu o passo. — Como assim?

— Ouvi a sua conversa com a camponesa — disse Miles. — Pagou por aquele porco apenas duas moedas, quando valia sete. Você abusou do seu posto para extorquir a mulher. Posso jurar que isso é um crime!

— Cri-crime? — O soldado se virou para o cavaleiro, aturdido. — Foi só uma brincadeira com a mulher...

— Brincadeira? Então já devolveu o leitão ou ele ainda está escondido na despensa do Fórum? Ora, posso mostrar ao juiz o esconderijo do porco. Vamos ver o que ele pensa desse tipo de brincadeira!

— Espere! — O soldado apertava e afrouxava as cordas nas mãos, encarando ora o prisioneiro, ora o seu amigo. — Não podemos resolver isso de outra maneira? Sou homem de família, senhor, tenho filhos pequenos... Não posso ser despedido!

— Pena que não pensou nisso antes de achacar uma vítima — disse Miles, sisudo. — Mas podemos esquecer o incidente. Basta que fique cego, mudo e imóvel por quinze minutos... enquanto eu e meu amigo fugimos por aquele lado.

Miles soltou as cordas do pulso do menino, antes que o guarda mudasse de ideia e saíram da aldeia protegidos pela escuridão da noite que chegava.

16
NO CASTELO DE HENDON

MILES E EDUARDO LEVARAM alguns dias para chegar às proximidades do castelo de Hendon. O cavaleiro tinha a intenção de adotar o "reizinho", mas não lhe contou os planos. Conforme se aproximavam da propriedade, ficava mais nostálgico e saudoso:

— Logo além daquela colina poderemos ver as torres. E que jardins! Os parques imensos... Aí sim, você e eu teremos um local digno de nobres!

— Mas não de um rei, explicou Eduardo. — Depois de visitar o seu pai, espero que me ajude a chegar a Westminster.

Miles concordou sem muito ânimo. Passaram por uma vila que lhe era familiar:

— Ali fica a estalagem do Leão Vermelho, a igreja, a praça do mercado... Pena que ninguém parece me reconhecer! Também, depois de dez anos...

Afinal, chegaram diante de imponente portão, cujos pilares de pedra tinham brasões de armas esculpidos. Entraram sem que ninguém barrasse o seu caminho e seguiram pela alameda até um solar. No saguão, um homem estava sentado diante da lareira acesa.

— Hugo, meu irmão! — gritou Miles, lançando-se para ele. — Abrace-me, não está contente com a minha volta?

O outro lançou um olhar frio sobre o recém-chegado e respondeu:

— Senhor, nem imagino o que pretende.

— O que pretendo? Ora, sou Miles Hendon, seu irmão. Servi o exército, lutei nas guerras da Inglaterra, fui preso... Afinal, fugi e retornei.

— Isso é uma brincadeira de mau gosto, senhor! Meu irmão está morto há muito tempo. Há seis anos recebemos uma carta do estrangeiro, comunicando sua morte.

— Que está dizendo, Hugo? Está louco? Estou aqui, vivo, à sua frente! Atreve-se a dizer que não me reconhece? Chame papai, ele me reconhecerá.

— Não se pode chamar os mortos, disse o hipócrita, com um sorriso malévolo.

— Papai... morto? Que infelicidade! E nosso irmão mais velho, Arthur?

— Faleceu também.

— Edith! Ela ainda mora aqui? — Miles ficava mais aflito a cada segundo. — E nossos criados, o mordomo? Chame todos, eles me reconhecerão!

O irmão caçula saiu, deixando Miles entregue ao mais profundo desespero. Andava de lado a outro da sala, alheio à presença do rei.

— Como sou infeliz! — disse, em voz alta. — Imaginam que sou um impostor!

Sentiu o toque da mãozinha do rei no ombro e ouviu um estranho conforto:

— Não se preocupe, amigo. Não é o único a ver os seus direitos roubados e a sua identidade negada... Estamos os dois agora na mesma condição.

Miles abraçou o menino.

— Oh, *sir*, que condição estranha! Reconheço essa sala, os quadros de meus antepassados, os móveis, tudo. Mas se não conseguir provar a minha identidade, nada disso será meu... Não acreditarão que sou mesmo o filho do meio do barão Ricardo Hendon.

— Eu acredito em você, disse Eduardo, convincente. — Nunca duvidei da sua palavra. E você? Acredita em mim?

Apanhado de imprevisto, Miles hesitou, embaraçado, diante do mendiguinho que supunha um alucinado, ao se dizer rei da Inglaterra. Mas antes que pudesse responder, abriram uma porta lateral. Entrou uma senhora ricamente vestida, acompanhada por criados de libré. Vinha com os olhos postos no chão, uma grande tristeza na fisionomia.

— Oh, Edith, minha prima querida! Quanto esperei por esse momento, para revê-la!

A mulher permaneceu imóvel, até que Hugo ordenou:

— Levante o rosto, mulher. Eis o homem de que lhe falei... Vamos, olhe para ele e diga se o reconhece.

Com o rosto em brasa e os lábios arroxeados de tamanha pressão emocional, a mulher ergueu ligeiramente o olhar e depois murmurou:

— Não o reconheço.

— Basta, pode sair. — Hugo se voltou para os criados: — E vocês? Alguém aqui reconhece esse senhor?

Todos abanaram a cabeça, negando.

— Esses não eram os nossos criados! — Miles gritou, tentando barrar a saída das pessoas. — O que você fez com eles, Hugo? Como os convenceu a mentir? Por que Edith não me reconhece?

— Reconhecer o quê, meu senhor? Edith, minha esposa, nunca o viu antes.

— *Esposa?* — Miles puxou da espada. — Agora entendo, canalha! Você a forçou a mentir, não é? Ladrão! Roubou minha herança e minha noiva! Prepare-se para morrer.

E se armou a confusão. Miles ameaçava seu irmão Hugo, os criados interpunham-se entre eles, chamaram ajuda e, afinal, soldados conseguiram conter Miles e ele acabou indo para a cadeia com Eduardo.

17
DOIS IMPOSTORES NA CADEIA

HUGO FORMALIZOU A ACUSAÇÃO contra o irmão, por tentativa de agressão e falsa identidade. O caso seria julgado na semana seguinte e, enquanto esperavam pela boa vontade do juiz, Miles e Eduardo amargavam o cárcere.

A cela coletiva era um vasto aposento de pedra, imundo e úmido. Ali se encontravam uns vinte indivíduos, de ambos os sexos e idades variadas.

O caso de Miles despertara a curiosidade na aldeia e raro era o dia em que não aparecia algum visitante, disposto a conhecer o atrevido que ousava provocar *lord* Hugo, o nobre mais poderoso e temido da região. Certa ocasião, um velho se aproximou das grades e fitou longamente o rapaz. O carcereiro que o acompanhava provocou:

— O impostor está ali naquela cadeia. Veja se pode descobri-lo.

O ancião de fisionomia bondosa olhou para todos os prisioneiros e, para a tristeza de Miles, acabou por negar com a cabeça:

— Só vejo malandros e velhacos... Meu antigo patrãozinho Miles não se encontra nesta cela.

— Ah, ainda bem que demonstra juízo, disse o carcereiro. — *Sir* Hugo não gostaria nada de ouvir boatos sobre seu irmão morto, velho. O impostor é esse aí...

O carcereiro apontou para Miles, sujo e fraco pela estadia na cadeia. Ele se aproximou das grades e falou em voz baixa para o velho:

— Sei quem você é, sempre foi um fiel servidor de Ricardo, o meu pai. Por que está mentindo?

O ancião segurou nas mãos do ex-patrão, quando percebeu que o carcereiro se afastara:

— Perdoe-me, *sir* Miles, eu o reconheci tão logo o vi... como muitos aqui na região. Mas não imagina o governo de terror que seu irmão impôs a todos nós da vila de Hendon. Se for de sua ajuda, porém, prometo que o reconhecerei diante do juiz. Só temo que seu irmão Hugo me providencie um acidente fatal bem rapidamente...

— Não quero que corra perigo, meu bom velho. Conte o que aconteceu, nesses dez anos em que estive fora.

Nos dias seguintes, por um pretexto e outro, o antigo empregado visitava a cadeia. Trazia alguma comida extra (que Miles dividia com seu amiguinho real) e informações: Arthur morrera há seis anos. Essa perda, bem como a falta de notícias, agravou a saúde de *lord* Ricardo. Por essa ocasião chegou a carta do estrangeiro, avisando do óbito de Miles. O velho queria ver Edith casada e seu matrimônio com Hugo aconteceu junto ao leito de morte de *sir* Ricardo. Era uma união infeliz; o ancião não duvidava que *lady* Edith vivesse sob ameaça constante.

— Talvez sua única esperança, *milord*, seja recorrer ao rei — disse o velho, certa ocasião. — Corre o boato de que ele é um menino um tanto perturbado da cabeça, mas está concedendo audiências e ouvindo muitas reclamações do povo.

— Que rei? — Eduardo ouviu a conversa e interrompeu.

— Ora, Eduardo VI. É um menino ainda, mas depois dos funerais de Henrique VIII, será coroado.

— Então ele realmente usurpou o meu trono! Por isso que não me procuraram! Aquele mendiguinho traidor! — gritou o menino, desesperado.

— O que ele está dizendo? — perguntou o velho.

— Não o leve a sério. Meu amigo às vezes revela estranhas perturbações do juízo.

As palavras do ancião deixaram Eduardo terrivelmente abalado. Chorava e gemia pelos cantos da cela e só se acalmou quando duas mulheres, prisioneiras como ele, o acalmaram com colo e carinhos. Eram acusadas de heresia e estavam condenadas a morrer na fogueira. Mesmo diante de um destino tão horrível, elas prosseguiam resignadamente na sua tarefa de consolar os desesperados, mantendo a fé religiosa.

O exemplo daquelas mulheres, tal como a história de muitos dos prisioneiros, foi aos poucos se marcando profundamente na alma de Eduardo VI. Conforme os dias passavam e a coroação do impostor se mostrava iminente, o menino reconhecia quantas terríveis injustiças eram cometidas dia a dia no seu reino da Inglaterra. Ficava muito tempo pensativo; revoltava-se contra as desumanidades, rezava a Deus pela possibilidade de se ver livre e retomar o trono.

— A escola é dura, mas proveitosa — disse Eduardo, certa vez.

— Como? — perguntou Miles. — Que escola?

— Caro amigo, a escola do sofrimento. Todo soberano deveria frequentá-la para se tornar justo e clemente. Quando subir ao trono, se Deus me permitir, lembrarei dessas lições. Ainda riscarei do código da Inglaterra estas leis cruéis.

"Ah, pobre menino louco", Miles pensava, tão infeliz como seu companheiro. "Quem dera se um dia você fosse rei!"

18
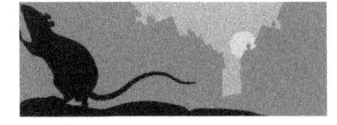

TOM APRENDENDO A REINAR

ENQUANTO O VERDADEIRO REI descobria na própria pele suas duras lições de sobrevivência, o impostor folgava em viver os seus sonhos mais fantasiosos na deliciosa realidade.

Conforme os dias passavam, Tom mergulhava na rotina do palácio e se esquecia da infeliz vida anterior. Havia finalmente encontrado um castelo, uma corte e um reino. A etiqueta não mais o intimidava: com a ajuda do Menino das Chicotadas, cometia menos gafes nos eventos e cerimônias.

Recebia os dignitários estrangeiros e adorava quando se referiam a seus monarcas como "seus pares". Mudou de ideia a respeito dos banquetes, audiências e recepções. Mesmo a adulação dos cortesãos lhe parecia agora atitude natural diante da sua magnificência.

Quando se cansava das obrigações, mandava chamar *lady* Elizabeth e *lady* Jane para brincar ou conversar e as dispensava com a familiaridade daqueles acostumados a ver obedecidas suas menores vontades. Achava normal que um séquito o acompanhasse na hora de dormir ou acordar e, vaidoso, chegava mesmo a recusar certas roupas, sugerindo outros enfeites e complementos.

Isso significava que não lembrava mais de Eduardo VI? Que desconhecia sua verdadeira origem? Não era bem assim. Tom Canty muitas e muitas vezes se questionou sobre a ausência do rei; o porquê de o menino que usava suas roupas de mendigo nunca mais retornar ao palácio. Mas aos poucos deixou de se sentir culpado por seu desaparecimento. Havia falado a verdade; revelara a todos, até ao próprio Henrique VIII, sua identidade. Não acreditaram nele e o fizeram rei. Que culpa tinha disso?

À proporção que a mente de Tom absorvia aquelas novas e encantadoras experiências, a lembrança do príncipe transformava-se em mero espectro. Lembrança desagradável, sim, mas frágil e irreal... Seria melhor, mil vezes melhor, que ele não voltasse!

O mesmo sentimento de preocupação e vergonha surgia quando Tom lembrava da mãe e das irmãs. Recordava de seus carinhos e bondade; mas também as via como mendigas sujas e ignorantes... E se surgissem de repente, não o humilhariam? Gostaria de dividir com elas aquele repelente quartinho em Offal Court? A memória da vida anterior lhe causava repulsa e medo. Não, era melhor que elas ficassem no seu lugar de sempre e que ele, Tom Canty, aproveitasse o que a Sorte e o Acaso tinham-lhe ofertado.

E se essas ideias lhe pareciam amargas e egoístas, ora, Tom podia afastá-las facilmente, diante de tanto luxo e beleza. Bastava pedir que a prima tocasse uma música ao cravo ou que um pajem lhe lesse uma história ou que um novo e delicado prato lhe fosse servido como sobremesa, para que o antigo mendigo soterrasse os pruridos da consciência e voltasse a sorrir, satisfeito com seu destino, sem imaginar que o verdadeiro rei amargava a mais dura prisão, sem motivo algum para isso.

19
A CAMINHO DE LONDRES

AFINAL, MILES HENDON foi a julgamento. Sua pena era ficar um dia no pelourinho para humilhação pública. Depois, ganhava liberdade com a condição de jamais retornar à vila. Não havia acusação contra Eduardo, que também foi libertado.

O menino acompanhou a punição do amigo, colocando-se a seu lado na praça. O pelourinho consistia em uma tábua em lugar alto, que imobilizava mãos e pés do prisioneiro. O povo podia gritar e jogar objetos no seu rosto. Uma multidão de curiosos já estava no local. Eduardo também recebeu uma parte das ofensas:

— Vagabundo! Não tem vergonha de acompanhar um ordinário desses? Devia também ficar no pelourinho! — gritavam.

O menino se enfureceu quando um ovo atingiu o rosto de Miles:

— Parem com isso, seus estúpidos! Não sabem quem eu sou? Não podem fazer isso. E esse homem é meu amigo e eu sou...

Miles interrompeu-o, antes que o "rei" conquistasse a inimizade geral:

— Não deem atenção ao menino, é um lunático.

— Lunático ou não, precisa aprender boas maneiras — disse um guarda, virando-se para o colega. — Acerte uma chibatada nesse pequeno louco.

— *Uma só?* — gritou uma voz forte. — Merece pelo menos dez.

Era Hugo Hendon, que estava na praça para acompanhar a punição do irmão. O guarda acatou a sugestão do baronete e fez um sinal para o outro, que prendeu Eduardo pelos braços.

Miles se desesperou:

— Parem! O menino é muito fraco, não vai aguentar. Deem em mim as chibatadas que seriam para ele.

— Bravo! — interveio de novo Hugo Hendon. — Que boa ideia. Guardas, poupem o doidinho e castiguem o impostor.

Mas se Hugo pretendia fazer graça com o castigo ou conquistar a simpatia do povo oferecendo um espetáculo ainda mais cruel, colheu efeito contrário. A coragem do acusado e a maneira altiva com que recebeu as bastonadas — que, aliás, recebia por causa do garoto — acabaram acabrunhando e calando as pessoas.

Eduardo desviava os olhos. "Um rei não chora", pensou. O que não o impediu de limpar dolorosamente as lágrimas, a cada chibatada que estalava nas costas do amigo... uma, duas, cinco vezes... Aproximou-se de Miles e murmurou:

— Meu bom e corajoso amigo, por Deus, que seu castigo não seja em vão! Quando retornar ao palácio, vou nomeá-lo conde de Kent.

"Um conde, esse garoto me nomeou conde!", pensou Miles, quase desmaiando. "Pobre criança demente..."

Nenhum som na praça. A multidão oferecia o silêncio respeitoso como homenagem à coragem daquele homem. Quando o castigo acabou, apenas Hugo soltou vivas e riu. Ao perceber que não o acompanhavam em sua alegria, retirou-se pisando duro, com o olhar selvagem de ira e despeito.

Os guardas libertaram Miles Hendon e ele saiu da aldeia, em passos vagarosos e doloridos, seguido pelo menino que ainda chorava.

Foi uma viagem lenta e sem muita conversa. A estadia no castelo de Hendon trouxera amargas experiências para ambos. Curiosamente, a acusação de impostura e o não reconhecimento de seus direitos tornava — mesmo que ele sequer reconhecesse isso — os destinos de Miles e Eduardo cada vez mais semelhantes. Irmanavam-se no sofrimento, no papel de vítimas da injustiça e ingratidão humanas.

Miles amadurecia a cada dia o desejo de procurar pelo rei-menino e defender a sua causa. O ancião havia-lhe falado com tamanho respeito sobre o jovem monarca, de como ele revogava leis cruéis e dava audiências populares, intercedendo pelos injustiçados. Quem sabe, seria ouvido? Seria reconhecido, afinal?

— Meu pai conhecia um homem na corte, dizia Miles, buscando esperanças que o consolassem. — Chamava-se Humphrey Marlow, creio que era mordomo ou algo assim... Vou procurar por ele.

Eduardo não tinha coragem de frustrar o amigo, contando que Marlow morrera há tempos e que seu filho era o seu Menino das Chicotadas. Procurava por assuntos amenos, a caminhada seguindo lenta e insegura.

Conforme se aproximavam de Londres, ouviam os mais variados rumores: de que o rei perdoara o duque de Norfolk, o maior desafeto de Henrique VIII e que ele seria reconduzido às suas posses e propriedades.

Ou que *lord* Hertford, "por incalculáveis serviços à Coroa", seria elevado à condição de duque, quando da coroação oficial de Eduardo VI.

E esse dia se aproximava. Quando Miles e Eduardo chegaram a Londres, havia na cidade uma multidão de milhares de almas; todos prontos para comemorar a coroação, que aconteceria no dia seguinte.

Em meio a tanta gente, era fácil se perder. Uma confusão se armou com dois bêbados que duelavam. Houve correria e, de repente, Miles e Eduardo afastaram-se um do outro. Quis o destino que sua chegada à capital entregasse cada qual à sua sorte.

20
O ENCONTRO DE DOIS REIS

OS DIAS QUE ANTECEDERAM a coroação foram movimentados para Tom. Londres se achava em atividade febril com os preparativos. De acordo com a tradição, a "procissão de reconhecimento" deveria partir da velha Torre e atravessar a cidade, onde a população aguardava com impaciência.

Montado num soberbo cavalo, o antigo mendigo de Offal Court seguia à frente do cortejo, vestido magnificamente. Logo atrás vinha *lord* Hertford e todos os grandes senhores da corte, os representantes da nobreza e do clero, os aristocratas e magistrados, nas suas melhores roupas de gala. Era um espetáculo deslumbrante, aplaudido incessantemente.

— Viva Eduardo VI! Longa vida ao nosso rei! — Ouvia-se, de todos os lados.

Magnânimo, o "rei" abençoava seus súditos, sorridente. Foi nesse instante que uma mulher se adiantou dentre o povo e gritou:

— É meu filho! É meu menino, Tom Canty!

Uma pobre e esquálida mulher abria caminho entre a massa humana, aproximando-se do rei. Tom empalideceu. Sabia que era sua mãe, mas reconhecê-la comprometeria toda a solenidade.

Criou-se um burburinho. A mulher, face transfigurada de amor e alegria, tentava abraçar as pernas do rei. Nesse momento, um oficial da guarda empurrou-a com brutalidade, atirando-a longe. Tom ia dizer algo como "não a conheço, mulher!", quando flagrou um último olhar. Ele refletia tanta dor e desilusão, que o menino abaixou a cabeça, sob o peso da vergonha e do arrependimento.

E foi com esse sentimento cruel que o futuro rei da Inglaterra adentrou o pátio da catedral, para ser coroado. A multidão compacta mal respirava, acompanhando a procissão e a riqueza dos dignitários que se concentravam nas galerias da igreja. Todos se extasiavam com tamanha pompa.

As solenidades tradicionais desenrolavam-se com impressionante imponência. No entanto, Tom não se sentia à vontade; à medida que o desfecho se aproximava, seu mal-estar aumentava. O rosto transfigurado da mãe não lhe saía da cabeça. Era um impostor! E em breve receberia a coroa da Inglaterra sobre sua cabeça, para todo o sempre. O arcebispo de Canterbury ergueu a joia e a exibiu para o povo; deu um passo, dois, estava a ponto de colocar a coroa sobre a fronte do rei, quando...

O profundo silêncio foi quebrado por uma voz infantil:

— Parem! Parem todos! A coroa da Inglaterra só pode ser colocada sobre minha cabeça. Sou o verdadeiro rei!

Como? Os nobres e oficiais quedaram, estupefatos. Um menino esfarrapado adiantou-se do povo e enfrentava o próprio rei! Um grupo compacto de soldados se adiantou para proteger o monarca, mas ele se adiantou e apontou o mendigo:

— Sim, é verdade! Ele é o verdadeiro rei!

Um assombro fantástico tomou conta da assistência. Algumas pessoas duvidaram da lucidez dos próprios olhos; afinal, *lord* Hertford revelou alguma iniciativa ao ordenar:

— Prendam esse vagabundo. Não levem em conta a ordem do rei, ele vive nova crise mental.

Os soldados se adiantaram e de novo pararam, diante da firmeza da contraordem real:

— Não se atrevam a tocar nele! Esse menino é o verdadeiro rei!

Ninguém se moveu, ninguém se atreveu a proferir palavra. Nesse momento, o verdadeiro Eduardo VI correu até o trono; imediatamente Tom se jogou a seus pés:

— Até que enfim, Majestade! Posso lhe devolver o verdadeiro lugar... Vivas ao rei Eduardo VI, soberano da Inglaterra!

Mas a aclamação reverberou no profundo silêncio da nave. O único pensamento que correu todos os cérebros foi o reconhecimento da sobrenatural semelhança dos dois meninos.

— Como se parecem! É extraordinário! São idênticos!

Aos poucos, um rumor de desconfianças e dúvidas se instaurava na multidão. *Lord* Hertford dirigiu-se ao verdadeiro rei:

— Senhor, permite-me que lhe faça algumas perguntas?

— Sem dúvida, disse o rei, confiante.

Eduardo VI passou com firmeza e exatidão pela sabatina: em que quarto dormia Henrique VIII? Qual o seu prato favorito? Quantas pessoas faziam parte do séquito real? Quais os nomes dos professores do príncipe? Satisfeito, *lord* Hertfort concluiu, falando alto para o povo:

— Realmente, suas respostas o mostram bem familiar com o cotidiano da corte. — Dirigiu-se com firmeza àquele que parecia um mendigo:

— Agora existe apenas uma última questão, que permanece em mistério e pode confirmar se é mesmo o filho legítimo de Henrique VIII: o que aconteceu com o grande sinete? Se conseguir dar uma resposta satisfatória a essa questão, a dúvida desvanecerá.

O rei não se deixou intimidar pela seriedade da questão. Dirigiu-se diretamente a *lord* Saint John e detalhou a geografia do seu quarto, explicando que havia uma falsa gaveta no vão da porta, onde costumava esconder objetos pessoais.

A firmeza da resposta tanto como a intimidade com que o "mendigo" se dirigia a um nobre criaram um burburinho geral. Em dúvida quanto à correção da etiqueta a seguir, *lord* Saint John se afastou fazendo uma mesura que se dirigia a ambas as "excelências": o menino vestido de mendigo e o vestido de monarca. Passados poucos minutos, o lorde retornou e não teve dúvidas, jogou-se em profunda mesura diante de Tom:

— Majestade, ele mente. Achei o esconderijo, por certo, mas o sinete não está lá.

Essas palavras causaram estranho rebuliço. Os nobres que, depois da sabatina, tinham-se aproximado do verdadeiro Eduardo VI, trataram de se afastar dele. Outros imediatamente cercaram Tom.

— Expulsem o falso rei! — disse *lord* Hertford.

— Alto! — gritou Tom. — Será condenado à morte quem tocar nele.

Lord Hertford, para ganhar tempo, voltou-se para Saint John:

— Procurou bem na gaveta? Sabe como é o sinete, não sabe? É um objeto grosso de madeira, com o círculo de ouro...

Ao ouvir isso, os olhos de Tom brilharam:

— *Isso* é que é o tal sinete? Um toco de madeira com um círculo dourado? Com umas letras gravadas? — Voltou-se para o verdadeiro rei. — Não se lembra, Majestade? Quando trocamos de roupa, em seu quarto... antes de sair do castelo, escondeu esse objeto. Mas não na gaveta, em outro lugar.

Eduardo VI puxava pela memória:

— Espere... Deixe-me lembrar... Sim, pensei em guardar o sinete... dispensei os criados para que você comesse mais à vontade...

— Isso! Nós já havíamos trocado de roupa, só por curiosidade, eu lhe falava de minhas irmãs Nan e Bet, falava sobre Offal Court...

— Lembrei! Agora lembrei! — Eduardo VI falou bem alto, de maneira nítida a ponto de ser ouvido em todos os lugares da catedral. — Desatarraxei a mão da armadura milanesa e coloquei o sinete lá dentro! Está lá agora!

— Exato, meu soberano, exato! — Confirmou Tom Canty.

Quando *lord* Saint John voltou, brandindo o sinete no ar, o grito preso em centenas de gargantas expandiu-se, aliviado e feliz:

— Viva o rei! Viva Eduardo VI!

E a multidão se curvou, em profunda reverência, diante do verdadeiro monarca. O primeiro a se erguer foi Tom, que pediu humildemente:

— Agora, Majestade, pode me devolver os andrajos de autêntico mendigo de Offal Court.

Lord Hertford, porém, se adiantou, dirigindo-se aos guardas:

— Levem esse impostor à Torre de Londres.

— De forma alguma! — ordenou o verdadeiro rei. — Se ele não fosse honesto e leal, tentaria a todo custo me impedir de assumir o trono! Proíbo que seja molestado por qualquer pessoa.

Diante da expressão indignada do tio, Eduardo VI resolveu fazer uma provocação:

— Além disso, não foi por seu intermédio que ia se sagrar duque? Nesse caso, visto que ele não é o verdadeiro rei, essa nomeação não tem valor. Agora, se você me suplicar, através de Tom, eu o farei duque. Do contrário, permanecerá apenas conde.

— Sim, Majestade. — *Lord* Hertford baixou a cabeça, humilde. — Será como ordenar.

— Meu amigo... — Eduardo VI dirigiu-se afetuosamente a Tom. — Como conseguiu se lembrar de onde guardei o sinete, se eu mesmo já havia esquecido?

— Ora! — disse o mendiguinho, encabulado. — Eu o usei um monte de vezes.

— É mesmo? Para quê?

— Bem, todo mundo volta e meia perguntava desse tal sinete, mas nunca me explicaram como era o objeto. Era pesado, maciço, redondo... eu o usei para quebrar nozes!

As risadas foram gerais. Agora, não havia qualquer dúvida: um verdadeiro Príncipe de Gales não ignoraria o que era o grande sinete do reino da Inglaterra e seria incapaz de usá-lo como quebra-nozes!

O manto saiu dos ombros de Tom e foi passado, solenemente, para os do rei, cujos farrapos ficaram escondidos sob sua magnificência. Poucos minutos depois, o arcebispo de Canterbury coroava solenemente o sucessor de Henrique VIII.

O ribombar dos canhões anunciou e toda a cidade compreendeu que Eduardo VI subira ao trono da Inglaterra.

21

O REENCONTRO DE DOIS AMIGOS

ENQUANTO ESSES EMOCIONANTES acontecimentos ocorriam na catedral, Miles percorria as ruas de Londres feito um alucinado, tentando localizar seu amiguinho. "Vestindo aqueles andrajos, o pobrezinho só pode estar nas regiões mais miseráveis da cidade", pensou ele. E nos dias que se seguiram, revirou os bairros mais sórdidos da capital da Inglaterra.

Onde via uma multidão, ainda mais zombando ou ridicularizando alguém, ele se aproximava. Temia pela sanidade do infeliz que, se continuasse com os delírios reais, provavelmente seria vítima de terríveis crueldades. Por isso, Miles foi um dos pouquíssimos ingleses que se alheou dos extraordinários acontecimentos que cercaram a coroação do novo rei.

Dois dias depois, sem dinheiro algum e como se encontrava próximo do palácio de Westminster, resolveu tentar a sorte e procurar pelo antigo amigo de seu pai, Humphrey Marlow, que supunha vivo e empregado da corte.

"Se ele não me conseguir uma audiência com Eduardo VI, pode pelo menos me ver algum dinheiro emprestado", pensou. Estava faminto e era muito humilhante a ideia de esmolar.

Nas portas laterais do castelo, o legítimo herdeiro do baronato de Hendon tentou em vão ser atendido. Suas roupas estavam em estado lastimável e suas perguntas a respeito de um homem desconhecido ficaram sem resposta. Todos estavam ocupados demais para perder tempo com um "mendigo". Finalmente, alguém lembrou do Menino das Chicotadas.

— O meu falecido pai chamava-se Humphrey Marlow — disse o garoto.

Ouviu com atenção as súplicas do desconhecido. Quando ele citou seu nome, Miles Hendon, o menino se alegrou enormemente! Eduardo VI vinha movendo céus e terras, atrás de seu amigo desaparecido!

— Espere aqui, meu senhor — disse o garoto. — E correu para avisar a corte.

Logo depois, Miles foi conduzido por corredores e salas, sempre cercado da curiosidade mórbida dos cortesãos, que torciam o nariz diante de suas roupas sujas e expressão alucinada. Um pajem abriu uma porta de carvalho e ordenou:

— Tire o chapéu, senhor, e curve-se diante do rei.

Entre dezenas de conselheiros, nobres, damas da corte, serviçais e lacaios, estava um menino sentado ao trono. Cochicharam em seu ouvido e ele ergueu a cabeça. Miles quase desmaiou de espanto. "Não pode ser!", pensou. "É ele, o meu menino! É mesmo o rei Eduardo VI!"

O menino-rei continuou em silêncio, enquanto a multidão começava a murmurar. Miles teve então a ideia que lhe confirmaria a identidade do garoto. Ostensivamente, puxou uma cadeira e se sentou, próximo ao trono.

— Canalha! Como ousa se sentar diante de Vossa Majestade? — Indignou-se um mordomo.

— Deixe, está no seu direito! — ordenou o monarca. — Esse é Miles Hendon, leal súdito e amigo. Foi o único que me protegeu e ajudou, quando mais precisava. Eu o nomeei par da Inglaterra e Conde de Kent. Concedi, a ele e a seus descendentes, o excepcional privilégio de poder sentar-se na presença do rei da Inglaterra.

Todos fitavam admirados aquele que merecia tantos elogios do soberano. Os mais atônitos eram Hugo Hendon e *lady* Edith, que se encontravam na bancada dos nobres menores, recebidos nos dias posteriores à coroação.

O novo conde de Kent agradecia aos céus o privilégio de poder se sentar, porque não podia se conter nas pernas, tamanha emoção. "Meu

Deus, então é mesmo o meu garoto! O verdadeiro rei da Inglaterra! E eu que pensava em adotá-lo, como a um pobre coitado."

Afinal, conseguiu energia para sair do torpor e se ajoelhar diante de Eduardo VI, jurando-lhe obediência e agradecendo os títulos e terras que recebia.

— Receba também o título e propriedade que lhe pertencem por herança — disse o rei, apontando para Hugo e ordenando aos guardas.

— Levem o falso barão de Hendon para a prisão.

Enquanto Hugo era conduzido à cadeia, entrou Tom Canty. Achava-se suntuosamente vestido, na companhia da mãe e das irmãs, também muito elegantes. O rei o olhou com benevolência, enquanto o ex-mendigo se ajoelhava.

— Você se revelou um grande administrador, Tom. Fiquei sabendo que, no período em que governou, foi justo e clemente. Prometo protegê-lo, assim como sua mãe e irmãs. Seu pai é criminoso, assassino confesso e será julgado conforme as leis, caso seja preso. Quanto a você, gostaria que aceitasse o cargo de administrador do Christ's Hospital. Conhece profundamente a realidade daqueles meninos e sei que conseguirá transformá-los em bons cidadãos. Terá rendimento adequado ao cargo e carta branca para agir da melhor forma. — Depois o rei se virou para todos e falou em tom mais alto: — Esse rapaz já foi, mesmo que por pouco tempo e por um equívoco, rei da Inglaterra. Ninguém deve se esquecer disso, jamais. Esse é um traje especial pelo qual será reconhecido. Tom Canty, sempre terá a proteção de seu soberano, que lhe concede o título de "Pupilo do Rei".

Exultante de alegria, Tom se curvou e beijou a mão do soberano.

22

O LEGADO DE EDUARDO VI

MILES HENDON REVELOU NOBREZA de caráter mesmo para quem não merecia sua bondade. Intercedeu pelo irmão junto ao monarca e Hugo foi liberado. Abandonou a esposa e partiu da Inglaterra. Morreu meses depois e, enfim, sua viúva pôde se casar com o grande amor da sua vida. Revelou então seu segredo: desde o primeiro instante ela reconheceu Miles, mas foi ameaçada por Hugo. Não apenas sua vida correu perigo, como a do primo. Hugo jurara pagar algum meliante que desse cabo do verdadeiro herdeiro, durante a estada de Miles na cadeia. Desse modo, conseguiu o silêncio e a cumplicidade da apavorada esposa.

Miles compreendeu os motivos de Edith e a perdoou. Casaram-se e foi um matrimônio feliz, que durou muitos anos. Eram os senhores do castelo de Hendon, estimados pelos súditos e também autênticos amigos do rei, apesar de que poucas foram as vezes que o conde de Kent usou do privilégio de ser dispensado da etiqueta e se sentar à mesa do monarca.

A amizade entre Miles e Eduardo era sincera; passavam bom tempo conversando e lembrando dos tempos em que peregrinaram, pobres, pela Inglaterra: um cavaleiro solitário retornando ao lar após uma década de serviço militar e um suposto menino-mendigo, carente de proteção e auxílio.

E Tom Canty? Teve uma vida longa e foi sempre respeitado. As pessoas na rua o reconheciam e recordavam daquele que "havia sido rei por algum tempo". Morava com a mãe e as irmãs na casa da administração do orfanato e cumpriu com suas obrigações. Muitos jovens órfãos e abandonados melhoraram de condição graças às oportunidades oferecidas. Quanto ao pai, nunca mais foi visto. João Canty desapareceu como por encanto e supõe-se mesmo que tenha sido assassinado pelos colegas de banditismo.

Eduardo VI infelizmente faleceu ainda jovem. Foi um soberano verdadeiramente simples e encantador. Enquanto viveu gostava de contar suas aventuras, detalhando a troca de roupas, a saída do palácio, a estadia entre os mendigos e os prisioneiros. As misérias do seu povo o tocaram profundamente; foi um soberano compassivo, justo, inimigo da crueldade. Realizou uma infinidade de boas obras que favoreceram a vida de todos que ele reconhecia como vítimas de leis injustas. Quando algum dignitário sugeria que era por demais benevolente, Eduardo costumava retrucar:

— Que entende do sofrimento e opressão? Eu e meu povo os conhecemos, mas não o senhor.

Assim, seu reinado, embora breve, deixou para os súditos a saudosa lembrança de ter sido uma época feliz.

O DETETIVE AGONIZANTE
Conan Doyle

Adaptação de Marcia Kupstas

CONAN DOYLE.

Escocês, Arthur Conan Doyle nasceu em Edimburgo, em 1859, e faleceu em Windlesham, em 1930. Vinha de uma família de classe média e estudou Medicina em Edimburgo, onde foi aluno do dr. Joseph Bell, que tinha um peculiar método indutivo, conduzindo seus alunos aos diagnósticos através de meticulosa observação e investigação.

Depois do exército, fixou sua clínica em Londres, mas a pequena clientela deixava-lhe tempo vago, suficiente para recordar do mestre e usá-lo como modelo de um personagem também investigativo e instigante: no ano de 1887, nascia Sherlock Holmes, com a publicação de Um estudo em vermelho.

Holmes era misantropo, arrogante, cínico, mal-educado. Mas como seduziu as multidões! Foi protagonista de mais de cinquenta histórias e sempre revelou brilhantismo em destrinchar os casos mais extraordinários e insolúveis. Seus métodos dedutivos de investigação eram incomuns à época e muitos desses recursos acabaram posteriormente incorporados à Scotland Yard e às polícias técnicas do mundo inteiro.

Tamanha popularidade do personagem eclipsava o autor. Consta que Doyle não gostava dele; pretendia ser conhecido como autor "sério", de obras históricas ou espíritas, crença que abraçou e popularizou em livros como A nova revelação *e* A história do espiritismo. *Tentou se livrar do personagem matando-o no confronto com o dr. Moriarty em* O problema final, *de 1891. Foi uma revolta geral do seu público, em todo o mundo! A tal ponto que o autor teve de reviver Sherlock na história* A casa vazia *e prosseguir no registro de suas aventuras pelas décadas seguintes. Aparentemente, Sherlock se aposentou em 1910, retirando-se para o campo, o que não impediu uma breve aparição auxiliando o serviço secreto britânico durante a Primeira Guerra Mundial.*

O dr. Watson foi um assumido alter ego *do escritor: médicos, serviram no exército britânico e se estarreciam com as peculiaridades de Sherlock Holmes.* O detetive agonizante *é um conto da fase em que a amizade de Watson e Sherlock está consolidada; o médico inclusive se casou e não divide mais os aposentos com o detetive, na rua Baker, 221-B. Mesmo assim, jamais recusa auxílio a Holmes, ainda mais supondo-o doente. Seu envolvimento revela-se parte de uma farsa, mas não se ressente, pelo contrário: comove-se em constatar que Holmes é capaz de revelar uma sincera amizade por ele.*

Arthur Conan Doyle foi sagrado cavaleiro do Império, em 1902, e deixou uma vasta obra, mas sua permanência literária se deve mesmo aos livros com o detetive. Alguns títulos: As aventuras de Sherlock Holmes, O signo dos quatro, O cão dos Baskervilles, Memórias de Sherlock Holmes.

— OH, DR. WATSON, TENHO CERTEZA de que Sherlock Holmes está às portas da morte!

Foi um choque receber essa notícia. Ainda mais, vindo da sra. Hudson, senhoria de Holmes na casa da Baker Street, 221-B. Era uma das pessoas mais pacientes do mundo, além de extremamente dedicada a meu amigo. Apesar do aluguel principesco que Holmes pagava (não duvido que poderia ter comprado o prédio inteiro só com o valor anual da locação de um único apartamento), sua profissão perigosa e seus hábitos deviam torná-lo um dos piores inquilinos de Londres.

Era imensa a quantidade de seres humanos bizarros que lhe invadia a casa; Holmes costumava, volta e meia, praticar tiro ao alvo no interior do apartamento, além de desenvolver suas malcheirosas experiências químicas ou praticar o violino nas horas mais inoportunas... pois nada disso impedia a pobre senhora de ter por ele a mais profunda reverência e admiração. Era capaz de defender suas excentricidades sob quaisquer condições e provavelmente o estimava com amizade verdadeira. Apesar de solteirão convicto e crítico da condição feminina, quando queria, Holmes era encantador. E ele realmente tratava a sra. Hudson com uma gentileza especial, tornando-a sua maior aliada.

Por todos esses motivos, as palavras agoniadas da mulher me convenceram da seriedade do caso, ainda mais quando a sra. Hudson explicou que estava ali, em minha casa, sem autorização de meu amigo.

— Mas que doença mortal será essa? — perguntei. — Desde que me casei, há dois anos, não divido os aposentos com Holmes, mas a senhora sabe que sempre nos encontramos...

—Oh, dr. Watson, há três dias que ele piora a olhos vistos. Tenho medo que não resista a mais uma noite! — A senhora enxugava os olhos, com sua voz embargada. — Não bebe nem água, não come, não sai da cama, fala coisas estranhas, mas... não me deixa chamar médico algum. Hoje, quando vi pela manhã suas faces encovadas e os olhos fundos, não aguentei mais e falei, "sr. Holmes, desculpe, mas pelo menos o seu amigo dr. Watson o senhor terá de consultar". Então vim procurá-lo.

Enquanto me apressava em pegar o chapéu e o sobretudo para acompanhá-la, ouvi mais detalhes:

— Ele investigou um caso lá pelas bandas de Rotherhithe[1] e já na quarta-feira voltou doente. Nada comeu ou bebeu desde então...

Ao ver o meu amigo acamado, meu coração se apertou. Não havia mentira ou exagero nas informações da senhoria; o detetive que me encarava era um arremedo do homem que fora. Sua respiração era entrecortada, crostas escuras cobriam seus lábios, seu rosto descarnado e lívido contrastava com o rubor febril... mas o brilho do olhar ainda guardava traços da antiga lucidez e determinação.

— Oh, Watson, a coisa vai mal — disse ele, num fio de voz, ainda tentando ironizar sua desgraça.

— Meu amigo! — Tentei me aproximar.

— Não! — Sua voz veio em tom agoniado e imperioso, usado apenas nas ocasiões de grande perigo. — Não se aproxime.

— Mas por quê?

— Porque é minha vontade. Isso não basta?

Nisso a sra. Hudson tinha razão; apesar do estado lamentável, estava mais autoritário que nunca.

— Apenas queria ajudá-lo, Holmes — murmurei.

— Creia, Watson, é para o seu próprio bem.

— Meu próprio bem?

— Sei o que tenho, Watson. É a terrível febre dos cules[2] da Sumatra. Os holandeses a conhecem melhor do que nós, ingleses, e mesmo assim eles sabem tão pouco... apenas que é mortal e terrivelmente contagiosa.

— HOLMES! — gritei com ele. — Isso não seria motivo de me afastar

---

[1] Rotherhithe: região miserável, próxima dos estaleiros do rio Tâmisa.
[2] Cule: trabalhador braçal de antigas colônias portuguesas na China e na Índia.

de um paciente estranho, quanto mais de você, meu melhor amigo! Deixe-me examiná-lo, tenho certeza de que...

— Prometo contar tudo o que sei sobre esse mal, Watson... desde que não se aproxime. Se não, serei obrigado a insistir que saia imediatamente.

Por mais que admirasse os dons dedutivos de meu amigo, nesse instante meus instintos profissionais se revoltaram. Se o detetive era brilhante na sua profissão, em um quarto de doente, quem mandava era eu.

— Você está fora de si, Holmes. Vou examinar os seus sintomas e...

O olhar de Holmes veio irritado e decidido:

— Pois bem. Se é preciso ser cuidado por um especialista, então que seja por alguém em quem confie totalmente.

— Não confia em mim, Holmes?

— Claro que confio na sua amizade. Mas fatos são fatos, Watson... Afinal de contas, você não passa de um clínico geral, com pequena experiência e dotes limitados.

Senti-me profundamente magoado.

— O que me diz é ofensivo, Holmes! Pois bem, se recusa meus serviços, não vou me impor.

— Watson, sua dedicação é comovente, mas o que conhece sobre a febre de Tapanuli? Que noções tem sobre a putrefação negra de Formosa? Nas minhas recentes pesquisas médico-legais, tomei conhecimento de inúmeros males do Oriente e sei, Watson, qual o rumo que essa terrível infecção seguirá em meu corpo.

Não aceitaria a derrota sem luta. Afastei-me do leito de meu amigo e falei, já com a mão na maçaneta da porta:

— O dr. Ainstree é a maior autoridade viva em doenças tropicais e encontra-se atualmente em Londres. Vou imediatamente procurá-lo e...

Não terminei de falar. Foi um choque! Num abrir e fechar de olhos, o moribundo deu um salto de tigre e cortou meu caminho. Ouvi um virar de chave e ele retornou à cama, arquejante e exausto pelo inesperado vigor de sua tentativa desesperada.

— Nem à força você me tira essa chave, Watson. Mas entendo suas boas intenções... — falava aos arrancos, entre esforços terríveis para conseguir fôlego. — Sei que deseja o meu bem. Por isso lhe peço um favor. Agora são quatro horas. Fique aqui até as seis. Depois disso, prometo que aceitarei ajuda. Não do especialista que você indicou, mas de uma pessoa que lhe indicarei.

— Que loucura é essa, Holmes!

— Eu lhe peço apenas duas horas, Watson. Por favor. Sente-se perto da janela e espere. Não se aproxime de mim, prometa isso. Às seis horas retomaremos nossa conversa.

Holmes jogou-se na cama e se cobriu com pesados edredons, que se moviam sob o esforço da sua respiração. Acabei por concordar, mesmo contra a vontade, e esperei o tempo passar. Afinal, ele pareceu adormecer. Incapaz de sentar pacificamente e aguardar, pus-me a andar pelo quarto. Examinei os retratos de criminosos célebres, que lotavam as paredes. Cheguei até o console da lareira, coberto de objetos variados: cachimbos, canivetes, bolsas de tabaco, cartuchos de revólver... uma pequena caixa de marfim branco, com tampa escura, destoava do restante. Atraído por sua beleza exótica, estendi a mão para examiná-la de perto, quando...

Que grito horrível ele soltou! Fiquei gelado de susto, meus cabelos se arrepiaram.

— Ponha isso de volta, Watson, depressa!

Recoloquei a caixa de marfim na estante e ele relaxou o rosto nos travesseiros, aliviado.

— Já lhe disse, Watson, odeio que mexam nas minhas coisas. Pare de me atormentar desse jeito! *Médico*, você? É capaz de levar um paciente ao hospício, isso sim! Sente-se, homem, e me deixe descansar em paz!

Esse incidente me causou péssima impressão. Deprimido, sentei-me numa cadeira e fiquei em silêncio. Aquela atitude irritada e gratuita de Holmes parecia um mau sinal... Ah, nada mais cruel do que ver um cérebro esclarecido fraquejar na demência, por causa de uma moléstia!

O tempo passou devagar. Creio que o próprio Holmes pouco descansou; mal o relógio soou as seis badaladas, ele voltou a falar, com a mesma excitação febril e alucinada:

— Diga-me, Watson, tem dinheiro trocado no bolso?

— Sim, algumas moedas.

— Quantas? Conte-as, por favor.

Investiguei os bolsos e achei cinco moedas.

— Que infelicidade a minha, Watson, são tão poucas! Bem, é melhor colocar essas moedas no bolsinho do colete e o restante do dinheiro nos bolsos das calças. Isso vai manter seu equilíbrio.

Era puro delírio. Estremeceu, e ouvi de novo o ruído cavernoso, misto de tosse e soluço.

— Acenda o gás, Watson, mas cuidado, não ilumine demais... isso... está ótimo. Não, não precisa fechar as cortinas. Deixe esses jornais ao meu alcance, aqui mesmo ao lado da cama. Obrigado. Agora, um pouco daquelas quinquilharias que estão perto da lareira. Há uma pinça de pegar tabletes de açúcar... Cuidado, segure a caixa de marfim com a pinça e a coloque aqui, isso, entre os jornais.

Com o olhar alucinado, Holmes conferiu todas as tarefas que me ordenava com tamanha meticulosidade. Pareceu satisfeito, concluiu:

— Agora, Watson, pode ir buscar o sr. Culverton Smith. Ele reside na Lower Burke Street, número 13.

Para ser sincero, meu desejo de buscar ajuda médica havia diminuído, desde que vi o estado delirante de meu amigo. Temia deixá-lo sozinho.

— Nunca ouvi o nome desse cavalheiro — falei.

— Oh, o sr. Culverton Smith não é médico. Não deve conhecê-lo. Talvez se surpreenda em saber que o maior especialista nessa moléstia é um simples fazendeiro da Sumatra, agora a passeio na Inglaterra. Há alguns anos, um surto da doença atacou sua propriedade e ele teve de estudá-la pessoalmente... Conseguiu resultados notáveis. Ele é homem muito metódico, por isso não queria que fosse procurá-lo antes das seis horas, Watson. Agora já deve estar em casa... Se conseguir convencê-lo a me fazer uma visita, quem sabe poderá usar das informações que ele reuniu em suas pesquisas e me curar.

Reproduzi a fala de Sherlock como se ele conversasse fluentemente, mas na verdade como lhe doía se expressar! Meu amigo contraía as mãos, a testa porejando um suor oleoso, a respiração vinda em sopros curtos, articulando palavra a palavra o seu pedido de ajuda...

Claro que pretendia usar de toda persuasão para convencer o tal sr. Smith a usar seus dons na salvação de meu amigo; mesmo assim, Holmes ainda comandou minha visita, imperioso como deveria ser, até seu suspiro final...

— Conte ao sr. Smith exatamente como me deixou, Watson. Fale das coisas que me preocupam... oh, meu amigo! O cérebro controla o cérebro, não é mesmo? Sabe o que me intriga? A quantidade de ostras no mar! Se esses seres existem em tamanha quantidade, porque não lotam o fundo dos oceanos?

Que risada sinistra ele soltou! E depois, o *flash* de lucidez retornou a seus olhos febris:

— O que eu lhe pedia, Watson?

— Dava-me instruções para convencer o sr. Smith a vir aqui, recordei.

— Sim, isso. Minha vida depende disso, Watson. Não estamos em boas relações, se você me entende... seu sobrinho... suspeitava de um crime e deixei que ele desconfiasse das minhas intenções... ele tem rancor por mim. Mas só ele poderá salvar-me!

— Pode deixar, Holmes. Eu o trarei junto comigo num carro, nem que seja à força!

— Não, Watson, não faça isso. Convença-o, mas não use a força. Ele precisa vir de espontânea vontade... Se quiser, adule-o, implore... Outra coisa, não venha com ele. Dê um jeito de se antecipar e entre nesses aposentos antes dele. Arranje qualquer desculpa para não acompanhá-lo. Não me falhe, Watson, você nunca me decepcionou. É muito importante que esteja aqui antes e ele creia que virá me ver a sós... Existem inimigos naturais, que limitam a proliferação das ostras. Oh, Watson, fizemos nossa obrigação... O universo será afundado pelas ostras? Isso é monstruoso...

Monstruoso era ouvir aqueles delírios por mais tempo! Precisei reunir muita coragem para abandoná-lo em tal estado. Lágrimas de piedade e medo afloraram em meus olhos... A sra. Hudson esperava por mim no corredor, trêmula e chorosa. Recomendei que o deixasse descansar e desci as escadas ouvindo uma desconexa canção sair da garganta de Holmes.

Na rua, enquanto chamava um carro, fui abordado por um homem que saiu do nevoeiro.

— Então, doutor? Como está o sr. Holmes?

Era o inspetor Morton, nosso conhecido da Scotland Yard.[3]

— Muito mal — afirmei.

— Ouvi uns boatos — disse ele.

Será que foi impressão minha, ou captei uma expressão singular, um "quase sorriso" aflorando seus lábios? Talvez a luz fraca do lampião me levasse a supor um lampejo de alegria... Aquele homem deveria, até por honra do ofício, indignar-se com o desfecho da carreira de um dos mais brilhantes investigadores que enfrentara o crime em todas as suas formas, há quase duas décadas, incansavelmente... e ele sorria? Como? Era possível isso?

---

[3] Scotland Yard: força policial da cidade de Londres, capital do Reino Unido.

Não confirmei as minhas suspeitas. O carro chegou e nos despedimos rapidamente.

O endereço do sr. Culverton Smith era num bairro residencial da cidade. O aspecto da casa era imponente, com suas grades de ferro antiquadas, a maciça porta de duas folhas e seus enfeites brilhantes de bronze. Tudo combinava com o ar austero do mordomo que me atendeu.

— Sim, dr. Watson — disse o homem, conferindo meu cartão. — O sr. Smith encontra-se em casa. Aguarde um momento, vou ver se pode recebê-lo.

Meu humilde nome e título pareceram pouco impressionar o sr. Culverton Smith. Pela porta entreaberta, ouvi uma voz aguda e petulante:

— Quem é esse sujeito? O que ele quer? Staples, com mil demônios, quantas vezes preciso dizer que não quero ser importunado nas minhas horas de estudo?

Ouvi as desculpas gaguejadas do mordomo e a recusa de seu patrão em me receber, "diga que volte amanhã, se quiser"... Lembrei-me, então, do rosto devastado de meu amigo, sofrendo de uma moléstia tão terrível e deixei de lado o decoro e os modos cavalheirescos: mal o mordomo retornou ao alpendre, eu o empurrei e impus minha presença ao dono da casa.

— Ora, mas que ousadia é essa? Quem é o senhor? Por que não volta amanhã?

Culverton Smith estava indignado. Erguera-se do sofá e me encarava com olhos cinzentos e sombrios. Tinha a pele muito queimada de sol e uma cabeça grande, com cabelos ralos sobre a fronte; surpreendentemente, seu corpo era miúdo e destoava do tamanho descomunal da cabeça. A figura do homem era frágil e retorcida, com as costas estreitas e pernas finas, de alguém que tivesse sofrido de raquitismo quando criança.

— Sinto muito, mas meu assunto é inadiável. Trata-se de Sherlock Holmes...

A simples menção do nome de meu amigo produziu um efeito extraordinário no homenzinho. A cólera desapareceu de seu rosto e seu olhar ficou desconfiado, vigilante.

— O senhor veio da parte de Holmes?

— Acabo de sair da casa dele.

— E como ele está?

— Muito doente, em estado desesperador. Por isso vim procurá-lo, senhor.

O homem me convidou a sentar e acomodou-se no sofá, dispensando o criado. Pude vislumbrar seu reflexo no espelho da lareira e levei um choque: que expressão de alegria e triunfo em seus traços mesquinhos! Contudo, preferi supor que essa imagem odiosa fosse fruto da minha ansiedade; quando retomamos nossa conversa, o sr. Culverton Smith revestiu-se de digna e sincera preocupação.

— Lamento muito a sua doença — falou. Conheço o sr. Holmes apenas através de uns negócios comuns, mas admiro sua capacidade. Ele é um investigador do crime, como eu o sou das doenças. Do mesmo modo que caça o delinquente, eu caço o micróbio. Eis as minhas prisões!

Apontou para uma série de tubos de ensaio, pipetas e vidros sobre uma mesa. Aproveitei aquele início promissor de conversa para tentar convencê-lo:

— Essas suas pesquisas são o motivo de minha visita, sr. Smith. Meu amigo conhece as suas habilidades e está convencido de que o senhor é a única pessoa no mundo que pode ajudá-lo.

— Realmente? — O homenzinho estremeceu. — Por que o sr. Holmes acredita precisar de minha ajuda?

— Por causa das suas pesquisas sobre moléstias tropicais. Holmes crê ter se contagiado com marinheiros malaios, numa recente investigação nas docas de Londres.

O sr. Culverton Smith sorriu benevolamente.

— É isso, então? Vai ver a coisa não é tão grave... Há quanto tempo está doente?

— Há cerca de três dias.

— Tem delírios?

— Em algumas vezes.

— Hum, então pode ser sério. Detesto ser interrompido nos meus estudos, dr. Watson, mas se o caso é assim, acho que seria desumano não atender seu pedido. Aguarde que em cinco minutos estarei pronto para acompanhá-lo.

Nesse momento lembrei-me da advertência de Sherlock e inventei um compromisso urgente.

— Não faz mal. Sei onde mora o sr. Holmes e irei para lá sozinho. Esteja certo de que em meia hora poderei examiná-lo.

Saí daquela casa com o coração sumido dentro do peito, temendo uma piora de Holmes durante minha ausência. Ainda bem que o encontrei no quarto, pálido e desfeito, sim, mas sem alucinações ou convulsões. Com voz fraca, questionou a minha missão.

— Então, Watson, falou com ele? O sr. Culverton Smith virá?

— Queria mesmo me acompanhar. Disse que estará aqui em poucos minutos.

— Ótimo. Você fez tudo o que poderia fazer. Agora, é preciso que suma de cena.

— Holmes! Mas é meu dever, até como médico, esperar para ouvir a opinião desse homem!

— Creia, amigo, tenho motivos para supor que Culverton Smith não dará opinião tão sincera se estiver na presença de outra pessoa... Contudo, há um bom espaço para se ocultar, atrás de minha cama.

— Holmes!

— Ora, creio que não tem remédio, Watson. O quarto é pequeno demais para servir de esconderijo. Mas aqui atrás você estará bem.

Cheguei a pensar que meu amigo voltava a delirar, mas, antes que pudesse questionar seus argumentos, ouvimos rodas de uma carruagem, na calçada.

— É ele! Depressa, Watson, faça como pedi. E aconteça o que acontecer, prometa! Não diga nada, não se revele. Não faça o menor gesto e escute, com toda a atenção.

Holmes deu-me essas ordens com a voz imperiosa e palavras dominadoras; mal me acobertei sob o esconderijo, eu o vi acertar-se na cama, balbuciando palavras desconexas e fracas.

De meu esconderijo, pouco poderia ver. Fiquei adivinhando o que acontecia... os passos estranhos, provavelmente do sr. Culverton Smith, no corredor... a entrada de uma pessoa no quarto, que fechou a porta às suas costas. Ouvi ainda a respiração entrecortada de meu amigo e, depois, um longo e incômodo silêncio. Imaginei que o homenzinho estacara diante da cama do enfermo. Afinal, suas palavras:

— Holmes! Está me ouvindo, Holmes?

Ruído de panos sendo chacoalhados, um corpo se movendo e a voz débil:

— É o sr. Smith? — sussurrou Holmes. — Temia que não viesse. O outro riu.

— Eu mesmo, sequer imaginei uma situação como essa. E, no entanto, aqui estou, Holmes... Você deveria sentir remorsos.

— É muita bondade sua... Muita nobreza de caráter. Sabe que prezo muito os seus conhecimentos.

— Pois é. Provavelmente você é a única pessoa em Londres que reconhece e admira meus talentos... Sabe o que tem?

— A mesma coisa.

— Ah! Então reconhece os sintomas?

— Muito bem.

— Não me espanta que seja a mesma doença. E se isso é verdade, lamento informar que seu futuro é péssimo. O pobre Victor era já um cadáver no quarto dia... Coitado, um rapaz tão cheio de vida! Foi realmente extraordinário o que aconteceu com ele... Como você disse, que coincidência estranha, um rapaz desses contrair terrível moléstia tropical bem no coração de Londres! E justo uma doença asiática a que eu havia dedicado longos anos de estudo... Houve grande habilidade sua em notar essa coincidência, Holmes, mas muita falta de caridade em sugerir que entre esses fatos havia uma relação de causa e efeito.

— Sabia... — A fala de Holmes era um fio rouco, sofrido. — Sabia que o senhor era o culpado.

— Ah, sabia? Pena que era impossível provar. E que outra trágica coincidência... depois de andar me difamando pela cidade, vem agora pedir minha ajuda em suas dificuldades? Que brincadeira é essa, Holmes?

A respiração do enfermo ficou mais dificultosa.

— Água! Dê-me um pouco de água! — balbuciou.

— Está bem perto do fim, meu caro. — Prosseguiu o homenzinho, em tom irônico. — Mas terei a piedade de lhe dar água... não quero que morra na ignorância, meu caro detetive. Muito bem. Compreende o que estou dizendo?

Ouvi ruídos de alguém bebendo água. E um gemido:

— Piedade! Faça o que puder por mim. Salve a minha vida. Juro que esquecerei todo o resto.

— Esquecer... o quê?

— Ora, a morte de Victor Savage. O senhor acabou de admitir que foi o autor dessa morte. Esquecerei disso.

— Tanto me faz que se lembre ou se esqueça, Holmes, porque não o verei mesmo no lugar das testemunhas... — Riu e continuou: — Pouco me importa que saiba como morreu meu sobrinho Victor. Não é dele que estamos falando, mas de você.

— Eu sei.

— O sujeito que me procurou, aquele médico... disse que você contraiu essa moléstia trabalhando no East End, entre marinheiros.

— Não há outra explicação.

— Você se julga tão esperto, não é mesmo, Holmes? Pois saiba que encontrou um mais esperto ainda... pense bem, reflita um instante. Não imagina outro jeito de ter contraído a doença?

— Não sei... minha memória se confunde! Pelo amor de Deus, ajude-me!

— Vou ajudá-lo... quero que saiba exatamente como e por que você vai morrer.

— Oh, dê-me algo que pare essa dor!

— Ah, dói muito, não? Os cules que adoeciam costumavam berrar ao chegar sua hora. Suponho que sinta também uma espécie de cãibra...

— Sim, nas mãos e nos braços.

— Mas essas dores não o impedem de ouvir, meu caro Holmes... Pense. Não se lembra de nada diferente, nesses últimos dias? Não tocou em nada fora do comum, antes de começarem esses sintomas?

— Não me lembro de nada.

— Então ajudarei a sua memória... O que recebeu pelo correio, Holmes? Não foi uma caixinha de marfim, que lhe veio às mãos na quarta-feira?

— Oh, como dói!

Tive a impressão de que ele sacudia o moribundo e a custo não revelei meu esconderijo.

— Você precisa me ouvir, Holmes! Uma caixinha branca, de tampa escura... Você a abriu, não foi?

— Sim, agora me lembro! Uma agulha na mola. Pensei que fosse alguma brincadeira...

— Não era brincadeira, seu idiota! Você mesmo achou a sua ruína! Quem mandou se atravessar no meu caminho, Holmes? Se tivesse me deixado em paz, não estaria agora às portas da morte.

— Lembro-me agora — balbuciou Holmes, movendo-se com dificuldade na cama. — Uma agulha! Saiu sangue... essa caixinha... em cima da mesa.

— Exatamente essa, com os diabos! E agora eu a levarei embora, a prova da minha vitória... Eu o matei, Holmes. O maior detetive de todos os tempos, que piada! Foi capaz de adivinhar tudo o que planejei contra meu sobrinho, como eu o contaminei com a doença e escapei impune... e agora irá lhe fazer companhia. O fim está próximo, Holmes.

A voz de Holmes transformara-se em murmúrio quase inaudível.

— O que quer? Como? Ah, que eu aumente a chama do gás? São as trevas que chegam, não? Sim, vou aumentar a luz, assim poderei enxergar melhor a sua morte.

Culverton Smith atravessou o quarto, que ficou mais vívido e iluminado.

— Deseja mais alguma coisa?

— Sim. Um cigarro e fósforos.

Foi um milagre eu não ter gritado de alegria! Que assombro, meu amigo falava na sua voz natural... um pouco fraca talvez, mas sem sinal de debilidade.

— Que significa isso? — A voz de Smith parecia rouca, aturdida.

— Oh, sr. Culverton Smith, o melhor meio de ter êxito num papel é identificar-se com ele. Dou-lhe minha palavra de honra que há três dias eu não bebo nem como e nem me afastei dessa cama... mas juro que foi do fumo que senti mais falta. Ah, aqui estão os meus cigarros!

Ouvi o ruído de um riscar de fósforos.

— Assim está bem melhor... ora! Parece que ouço o ruído de passos.

Os passos cessaram com a entrada do inspetor Morton no quarto.

— Eis o seu homem, inspetor.

Morton se aproximou com as algemas:

— Sr. Culverton Smith, está acusado de ter provocado a morte de seu sobrinho Victor Savage.

— Acrescente também, inspetor, "tentativa de assassinato de Sherlock Holmes"... — Meu amigo deu uma risadinha. — Foi muito gentil da parte do sr. Smith poupar os esforços finais de um moribundo aumentando a chama de gás e lhe dando o sinal combinado de entrada... A propósito, o prisioneiro tem uma caixinha no bolso do paletó, tome cuidado ao pegá-la, Morton. Coloque-a aqui, obrigado. Poderá ser útil no processo.

Houve um súbito rumor de luta, algemas e chaves chacoalhando, mas o tumulto durou pouco. Culverton Smith afinal parou de lutar, mas continuava irônico:

— Que bela farsa, Holmes! Mas essa armadilha vai levar é *você* à cadeia, e não eu! O que pretende provar? Vim a seus aposentos na melhor das intenções... para ajudar um moribundo, a pedido de seu amigo médico... Como pode provar essas suas insensatas acusações, Holmes? Minha palavra vale tanto quanto a sua.

— Oh, é mesmo! Que cabeça a minha... Esqueci-me completamente. Meu caro Watson, peço-lhe mil desculpas.

Holmes afastou o edredom e me conduziu ao centro da sala.

— Watson, creio que não preciso apresentá-lo ao sr. Culverton Smith, aliás, que está de saída... Não é o ruído do carro de prisioneiros que se ouve na calçada, Morton?

Minutos depois da saída do policial e do suspeito, eu e meu amigo brindávamos ao fim do caso com um vinho. Holmes se trocara e limpara o rosto.

— Como pôde permanecer três dias sem comer ou beber, Holmes?

— Claro que senti falta disso — disse Holmes, erguendo o copo e devorando uns biscoitos. — Mas sabe como meus hábitos são irregulares, Watson. Creio que o jejum seria mais dramático para um homem comum... Precisava ser verossímil, Watson, se quisesse impressionar realmente a sra. Hudson.

— E conseguiu ser um ótimo ator — expliquei. — A pobre senhora me procurou desesperada...

— Ela o convenceu e você convenceu o sr. Smith. Você não ficou ofendido, não é, Watson? Deve reconhecer que entre os seus diversos dotes, um que lhe falta é a capacidade de dissimulação. Se eu lhe revelasse meu segredo, duvido que convencesse o sr. Smith da seriedade do meu estado.

— Seu *estado*, Holmes! Como você conseguiu ficar tão doente, com rosto tão fantasmagórico?!

— Três dias de jejum não melhoram a aparência de ninguém, Watson. Quanto ao resto, nada que sabão e uma esponja não resolvam. Um tanto de vaselina na testa, beladona nos olhos, carmim nas faces e crostas de cera nos lábios conseguem resultados bem satisfatórios... Simular doença é um assunto que bem merecia uma monografia, não concorda?

— E os seus delírios?

— Convincentes, não? Basta qualquer conversa à toa sobre moedas e ostras para alguém atinar que se vê diante de um lunático.

— Holmes, só não entendi ainda uma coisa... Se não havia perigo de contágio, por que não deixou que eu me aproximasse?

— Você ainda pergunta, Watson? Imagina que não respeito os seus talentos médicos? Precisava convencê-lo do meu mal, para que convencesse o sr. Smith. Ora, você a uma distância de três metros, sob a influência da sra. Hudson, é uma coisa. Outra bem diferente era se eu permitisse que me examinasse. Não acharia muito estranho ver um moribundo sem alteração de batimento cardíaco ou um homem febril com temperatura normal? Qual é, Watson? Nunca conseguiria enganar um médico tão bom como você por muito tempo...

Ficamos um instante em silêncio. Confesso que me senti levemente embaraçado com o entusiasmo e a sinceridade das palavras de meu amigo. Ele levantou da mesa e vestiu o sobretudo.

— Vamos, Watson. Acompanhe-me nos passos derradeiros desse caso e prestemos depoimento na delegacia. Pelo menos, que se faça justiça ao pobre Victor Savage, cujo único pecado foi ficar entre uma herança e seu sinistro parente. Na volta, podemos cear naquele restaurante novo, que serve ótimos frutos do mar. Apesar de acreditar que você, tanto como eu, dispensará alegremente as ostras do nosso cardápio!

AS DUAS MORTES DE ISAÍAS

Marcia Kupstas

MARCIA KUPSTAS.

Brasileira, nasceu em São Paulo, em 1957. Tem dois filhos, Igor, que nasceu em 1980, e Carla, que nasceu em 1990. Formada em Letras pela Universidade de São Paulo, lecionou Literatura e Técnicas de Redação em grandes escolas da capital.

Descendente de lituanos e russos, povos que são grandes contadores de histórias, desde cedo se fascinou com as narrativas da avó Efrosina e da mãe Elisabeth. Aos 4 ou 5 anos de idade, sentava no colo do pai, Vytalius, e ditava livros, que ele tinha de escrever. Coitado dele, se mudasse uma linha! A menina dizia que ia ser escritora, quando ficasse adulta, para ela mesma escrever as histórias que povoavam sua imaginação.

A partir de 1984 começou a publicar contos em jornais e revistas, como Capricho, *onde manteve a seção "Histórias da Turma" por três anos, que foram depois reunidas em livro pela Editora Atual. Em 1988, seu romance de estréia,* Crescer é perigoso *(1986), ganhou o Prêmio Revelação, do Concurso Mercedes-Benz de Literatura Juvenil. Era a consolidação de seu desejo de infância.*

Porém, se pretendia seduzir seus leitores, Marcia logo entendeu que seu empenho implicava muito trabalho. Em 2006, quando completou 20 anos de carreira, estava com uma centena de livros editados, entre infantis, obras adultas e juvenis. Também coordenou coleções, como Sete Faces, Debate na Escola, Deu no Jornal *e* Três por Três. *Neste projeto, além da coordenação, adaptou os textos clássicos e redigiu histórias nos volumes* Três amores, Três animais *e este* Três amizades.

Sua história para Três amizades *é* As duas mortes de Isaías. *Trata-se de uma nova versão para esse enredo; em 1989, o livro era mais leve, mais centrado nas peripécias do grupo adolescente, mais "juvenil". Agora, fazendo par com amizades clássicas, como as de Watson e Sherlock Holmes e o príncipe Eduardo e o mendigo Tom, a autora procurou tornar os sentimentos de Miguel bem mais complexos, em relação ao paranormal Isaías.*

Atualmente, além de escritora, Marcia Kupstas ministra palestras e cursos em eventos culturais, escolas e secretarias de Educação e Cultura em todo o país para professores e alunos. Para conhecer mais, visite o site: www.marciakupstas.com.br.

1
OTO

CONHECI A DOR E ISAÍAS pela mesma ocasião. É tão estranho pensar nisso... em como era poupado e protegido, para experimentar a dor da perda, pela primeira vez, apenas aos doze anos de idade.

Creio que boa parte das pessoas já vivenciou algum luto antes dessa idade. Talvez isso seja o normal. Acidentes na família, doença de avós... Eu, não. Nunca vivera nada parecido. Era estranhamente "virgem" do sentimento da perda. Provavelmente porque era mimado. Certamente, porque vivia numa família que acreditava normal cercar-se de todas as prevenções contra o "mundo lá de fora". Se pudéssemos pagar e defender nossas fronteiras, passaríamos pela vida sem sermos contaminados pelas coisas ruins que a vida nos traz...

Creio que foi esse excesso de proteção que ocasionou um sofrimento tão grande, quando Oto desapareceu, quase quinze anos atrás. E foi por causa da minha aflição com o Oto que encontrei o Isaías.

Confesso que não falo sobre ele há muito, muito tempo. Mas nunca deixei de pensar nele. Na dificuldade em aceitar sua amizade e meu sentimento muito mais de curiosidade e culpa diante do que aconteceu.

Não importa que meus amigos da época evitassem conversar sobre ele, até se afastando de mim, quando insistia em lembrar dele. Não importa que para nossas famílias os seus dons não existissem. Eu não o esqueci.

Acontecimentos recentes me despertaram para esse passado. Por isso, eu conto. Por isso, registro aqui essas lembranças... de uma certa manhã de abril.

Eu chegava da escola e, como sempre, carregava a mochila pesada e me distraía com a conversa da Bia, colega de classe e também vizinha. Assobiei no portão esperando ver o pastor alemão em disparada, enfiando o focinho entre as grades, lambendo minha mão. Isso era comum: depois sempre fingíamos uma luta, rolando pelo quintal. Era nosso pequeno ritual doméstico e ambos adorávamos isso.

Naquele dia não aconteceu assim. Foi Bia quem reparou:

— Miguel, o portão está aberto...

Estava encostado, mas um cachorro forte como o Oto facilmente empurraria a grade e conseguiria passar. Assobiei com mais força e em meu peito já estava começando a se formar a sensação de medo e perda, que me acompanharia pelos dias seguintes. Oto não apareceu.

Entrei correndo em casa, gritando por ele. A empregada Marieta apareceu nos fundos. Só ela na casa, naquela manhã. Mamãe e papai estavam no consultório, e sou filho único.

— Otoooooooo! — Eu gritava, enquanto Bia tentava interrogar Marieta.

A casa me parecia esquisita, vazia, sem a presença do cachorro.

Depois de uma longa investigação embaixo dos móveis, escada, lavanderia, porão, e de abrirmos portas e armários e gritarmos pelo Oto até eu ficar rouco, só restava a rua.

Nós nos separamos e fizemos uma busca pelas alamedas e vielas de nosso bairro tranquilo. Muitas casas com jardins e cachorros dentro das casas. Estes pareciam me ajudar latindo e "respondendo" a tantos gritos de "Ottoooo", mas foi inútil.

A dor imensa no peito me afogava e oprimia; a simples ideia de que Oto não voltasse mais era mortal, e eu procurava afastá-la com força, mexendo a cabeça e evitando que as lágrimas escapassem do controle, vazando de meus olhos sem que sequer percebesse.

Eram quase três horas da tarde quando eu, Bia e Marieta nos reunimos à frente do portão. Minha amiga precisava voltar para casa, mas foi substituída por nova ajudante: mamãe cancelou umas consultas e saiu mais cedo do seu consultório de dentista. Pegamos o seu carro, eu e ela refizemos o trajeto feito a pé pela mesma região, mas foi inútil. Mamãe então passou por uma loja e encomendou três enormes faixas de pano, que seriam entregues na manhã seguinte: CÃO PASTOR ALEMÃO PERDIDO. ATENDE PELO NOME DE OTO. GRATIFICA-SE BEM POR QUALQUER INFORMAÇÃO. TELEFONE...

Lembro que aquele foi o pior jantar da minha vida. A refeição — risoto de camarão — que a Marieta tinha feito especialmente para me alegrar, esfriava debaixo do nariz. Qualquer tentativa de conversa ou consolo caiu no vazio. Não queria a solidariedade de meus pais, não daquele jeito solene e definitivo com que adultos supõem que podem consolar crianças. Insisto: era uma criança mimada, protegida. E me revoltava com a maneira com que o destino chegou e interferiu na minha vida. Era injusto. Era cruel. E eu não conseguia admitir isso!

Demorei muito pra dormir, quase febril em esmiuçar os detalhes da minha vida com Oto e sofrer, antecipando como ela seria, sem ele. A única ideia que trouxe um leve conforto foi a de que, no dia seguinte, colocaríamos as faixas nas ruas, pedindo informações sobre Oto.

Era essa a minha esperança.

2
APARECE ISAÍAS

CINCO DIAS SE PASSARAM desde aquela quarta-feira. Colocamos as faixas nas ruas, continuamos a busca. Recebemos alguns telefonemas, mas a maioria infelizmente não ajudava. Chegamos a ir a um bairro distante, de onde vieram informações sobre um cão pastor. Era um mestiço de pelo escuro, nada a ver com o Oto.

Ao contrário do que falavam, o passar do tempo não me conformava. O fim de semana foi aquele sufoco.

Segunda-feira teve de ser um recomeço. Meus pais eram dentistas, com uma clínica de sucesso e não podiam mais desmarcar consultas. Eu tinha aulas e provas... Foi um cotidiano escolar insípido; às vezes até esquecia da minha dor e conseguia mais ou menos prestar atenção em alguma coisa. No final da manhã, voltei para casa com a Bia e deixei crescer a ansiedade junto com a imaginação. Será que o Oto não tinha voltado? Será que, de uma maneira inesperada e mágica, ele não achara o rumo de casa e estaria ali, como sempre, correndo ao meu encontro?

O portão fechado e o quintal silencioso acabaram com minhas esperanças. Ainda acompanhei Bia até a sua casa, alguns números mais adiante e me despedi sem dar tempo de ela tentar me consolar. Voltava para casa, quando reparei nele.

Havia um homem do outro lado da rua; ele conferia números e afinal tocou a campainha da minha casa. Alcancei o portão no exato instante em que mamãe atendia.

— Pois não? — Mamãe falou com o estranho, enquanto gesticulava para que eu entrasse.

O homem era uma figura impressionante. Lembro dele como de uma fotografia, um flagrante que se fixou na memória. Era moreno-escuro e careca. Baixo, teria quando muito a minha altura, a de um menino robusto de doze anos. Calçava tênis e vestia calças *jeans* básicas, mas o que realmente chamava a atenção era a esfuziante camisa amarelo-canário por baixo de um terno, um apertadíssimo terno que mal conseguia abotoar no peito e se abria numa barriguinha saliente. De forma alguma ele parecia ameaçador ou insolente. Por isso, a reação de mamãe foi tão incômoda... O que ele queria? Quem era?

Naquela segunda-feira, soube que o seu nome era Isaías e que ele se oferecia para...

... achar o cachorro. Isaías podia encontrar o bicho. Ele mal me percebeu a seu lado, entrando pelo portão. Falava só com mamãe:

— Madame, pode ser difícil, bicho tem uns dias sumido, mas Isaías tem jeito de achar cachorro. Se pegar num coiso qualquer do bicho, um paninho, Isaías...

Levei algum tempo até perceber que aquele "Isaías" a quem se referia era ele mesmo, num peculiar jeito de falar de si em terceira pessoa. As palavras vinham sibiladas, um fio de voz. Não tirou os olhos do chão, tamanha timidez. Porém, não despertou a menor piedade em mamãe, ao contrário. Ela ouvia em silêncio aquele patético oferecimento de ajuda, com seu rosto cada vez mais vermelho.

— Não estou entendendo... O senhor, Isaque, não é?

— Isaías, dona. Eu sou Isaías. — O fio de voz do homem pareceu diminuir.

— Isaías. O senhor sabe por acaso onde está o cachorro?

— Saber, Isaías num sabe. Mas Isaías bem podia descobrir.

— Descobrir? E o que o senhor quer para isso? Para... — A voz de mamãe saiu contida e furiosa — ..."achar" o cachorro?

— Ah, Isaías quer um dinheirinho, sim, mas o quanto, madame é quem sabe.

Mamãe não o deixou falar mais. Tinha a chave na mão e a virou na fechadura, com estardalhaço, gritando pelas grades de ferro do portão:

— É caso de chamar a polícia! Que cinismo! Bem me avisaram que faixa na rua atrai gente safada. Será que não foi você quem roubou o Oto? Quer pedir resgate pelo cachorro? Não tem vergonha na cara?

Dava para explicar esse surto de mamãe? Ela entrou em casa definitivamente zangada e foi à cozinha contar o caso para Marieta. Não era possível... Será que elas não percebiam que era uma chance? Não entendia como uma pessoa localizaria um cachorro desaparecido, mas topava qualquer tipo de auxílio, natural ou sobrenatural.

Aproveitei que as duas se distraíam com a própria indignação e saí para a rua por uma porta lateral. Encontrei Isaías na outra esquina, sentado à sombra de uma árvore. Estava distraído, alisando a careca brilhante em meio a uns tufos de cabelo crespo sobre as orelhas. Insisto em dizer: era uma figura insignificante, não tinha nenhuma espécie de aura mística ou transcendente... Por que imaginei que seria mesmo capaz de achar meu cachorro? Que ele dizia a verdade, sobre seus "jeitos de achar os bichos"?

— Do que você precisa para achar o Oto?

Ele sorriu muito leve e vi um brilho do seu dente de ouro.

— O mocinho podia ver um dinheirinho. — Sugeriu um preço, era acessível, equivalia a duas "semanadas" minhas. — E trazer alguma coisa do cachorro, qualquer coisa. Ajuda ver onde o bicho dorme.

— Minha mãe sai daqui a pouco. Se a empregada for junto, você entra na casa.

Depois do almoço, inventei um desejo por sorvete e sugeri que Marieta pegasse uma carona com mamãe, para ir buscá-lo na sorveteria da avenida... O plano deu certo. Mal o carro saiu, com mamãe e a empregada, tive a casa só para mim...

... e para Isaías. Vi seu vulto atrás da árvore e o chamei com um sinal. Ele me seguiu pelo quintal, respeitoso. Tempos depois, conferi minhas emoções e a temeridade do que fizera. Desde o primeiro instante confiei em Isaías e nunca considerei a hipótese de ele ser perigoso, mas era um estranho dentro de casa pela incrível possibilidade de me achar o cachorro... E se fosse um ladrão? E se tivesse uma arma?

Levei Isaías até a lavanderia, onde a casinha do Oto ocupava um canto, e a apontei.

— Dá licença — falou o homem, muito empertigadinho, como se pedir "licença" pra entrar em casinha de cachorro fosse prova de bons modos.

Ficou um bom tempo com metade do corpo lá dentro. Comecei a me preocupar: quantos minutos a Marieta levaria pra achar o sorvete, pagar, voltar? Olhava o relógio digital pulando os segundos e me agoniava com aquela demora.

Isaías saiu da casinha cheirando um osso de borracha. Deu uma pequena lambida no osso, fechou os olhos.

— Ele não fugiu, não. Ele gosta da casa. Gosta, sim... Tá com saudade. Tá triste. Sozinho. No escuro... Escuro e frio. É bem escuro lá.

Puxou uma manta de lã do fundo da casinha, cheirou, afagou a lã no rosto.

— Tava na calçada... Pertinho da porta. Tava com dúvida... Esperava o dono... O mocinho. Veio o caminhão.

Meu coração gelou. Um caminhão, na nossa rua? Passava tão pouco carro... Num *flash*, quase visualizei o pobre Oto debaixo das rodas, uma massa de sangue.

— Ele morreu? O Oto morreu? Fala!

— Não, não... — Isaías quase sorriu de meu pânico. Ainda mantinha os olhos fechados. — O homem fez cafuné nele, cachorro abanou o rabo... Não tinha ninguém na rua, o homem pegou ele depressa e botou atrás, era caminhão de entrega. Parou na casa aqui do lado. — Isaías abriu os olhos, falou depressa: — O caminhão entregou um móvel pra vizinha. O cachorro tá no depósito da fábrica de móveis!

Foi ouvir isso para agarrar na sua mão e puxá-lo pelo quintal. Isaías vinha irritantemente devagar; eu o arrastei até a casa ao lado, da dona Brígida, uma senhora solitária, que nem devia saber do sumiço do Oto.

Expliquei aos trancos e barrancos sobre o desaparecimento do cachorro, a entrega do móvel. Se "quem sabe alguém do caminhão viu o Oto"... Ela parecia mais incomodada com meu estranho acompanhante do que com a nossa conversa. No fim, passou o telefone da fábrica de móveis.

Disse para Isaías me esperar na pracinha e corri para casa. Marieta viera com o sorvete e não entendeu os motivos da afobação. Disquei o número da fábrica com a mão tremendo. Não sabia direito o que falar. Caí com a telefonista e, depois de explicar as coisas de um jeito amalucado, fui passado para o chefe da expedição.

Enquanto o homem não atendia, tentava me acalmar e organizar as palavras. Não podia ir "de sola" acusando os entregadores. Nem contar a verdade, claro: quem acreditaria em poderes paranormais de um localizador de cachorros, que "adivinhava" o que não havia visto? Quando atenderam, expliquei:

— Uma vizinha viu e me contou. Fizeram uma entrega na rua tal, número tal, em dia tal... Ela contou que o motorista levou um pastor alemão no caminhão...

— É, tem um cachorro aqui. Mas ele estava na rua.

— É o meu! Esqueceram o portão de casa aberto — falei mais coisas e de jeito tão afobado que o cara deu risada.

— Tá bom, tá bom... Se o cachorro é seu, eu não quero ficar com ele, não.

Anotei o endereço com a pior letra de toda a minha vida. Beijei o papel antes de ligar para o meu pai e... Como posso explicar o que senti? *Era* o Oto. Era o *meu* Oto. Guardado nos fundos do depósito, um lugar tão escuro como o que Isaías descrevera. Era o Oto, meio sujinho e triste, que soltou o maior latido quando me viu, e eu o abracei com intensa alegria, enquanto papai ouvia a lenga-lenga do encarregado do depósito, explicando que os funcionários levaram o cachorro porque pensaram que não tinha dono.

Papai lhe deu uma gorjeta bem maior do que o dinheiro que eu prometera ao Isaías. Então me lembrei dele, agradecendo mentalmente ao estranho poder do "melhor descobridor de cachorros do mundo...".

Não falei sobre ele, quando papai ou, mais tarde, mamãe quiseram conhecer os detalhes de meu "palpite". Enrolei sobre o "acaso" que me levara a tocar a campainha da vizinha e a associação também casual entre um caminhão de baú fechado e o sumiço do cachorro...

Mentiras, mas por quê?

Porque percebia, por intuição vaga e misteriosa, que eles não acreditariam em Isaías.

Mas eu, sim. Acreditava nos seus dons e estava ficando muito curioso com aquele homem que, de maneira tão estranha, entrara em minha vida.

3
ALGUNS SEGREDOS DE ISAÍAS

AQUELA NOITE EU CURTI cada segundo da presença do Oto, investiguei seu pelo, atrás das orelhas, suas patas tão sujas e não descansei enquanto não demos um banho nele. Banho coletivo: meus pais de um lado, eu do outro, Oto dentro de uma bacia de água morna (mas aquilo terminou comigo) e Oto no boxe do banheiro... Depois usei o secador de cabelos para enxugar meu cachorro e terminamos a noite os dois levemente úmidos e cheirando iguais, xampu canino e pelo mal secado, numa compartilhada e total felicidade.

Não, ainda não era total. Depois que fomos dormir e afinal consenti em deixar o Oto sossegado na casinha da lavanderia, não quis apenas enfrentar o sono dos justos no meu quarto. Ainda não havia justiça no meu descanso: havia Isaías.

Tive certeza de que ele me esperava na pracinha perto de casa. Então afugentei como pude o sono, esperei que no quarto de meus pais se desligasse a TV e que o silêncio da casa aumentasse... Barulhos sobreviventes apenas no liga e desliga da geladeira, tique-taque do relógio na sala, murmúrio do aquário, para sair pé ante pé do quarto. Para descer a escada, localizar o chaveiro atrás da porta e a chave certa da garagem; sair devagar pelos fundos e encarar a noite.

Foi minha segunda temeridade, não foi? Para um menino tão protegido e tão "virgem" nas aventuras do mundo, era a segunda vez em tão pouco tempo que provocava a sorte com um estranho. Primeiro, colocando Isaías dentro de uma casa vazia de adultos. Segundo, saindo na madrugada para me encontrar com ele, num local público e ermo, àquela hora.

Realmente, Isaías estava lá. Esperava por mim.

Ele estendeu a mão. Num impulso, estendi a minha e o cumprimentei. Mas depois do gesto, percebi seu silêncio constrangido e a insistência em manter a mão esticada... Lembrei. Revirei o bolso do pijama e passei o dinheiro para ele.

— Deus lhe pague. — Isaías não contou o dinheiro, localizou um bolsinho interior no terno e o guardou lá.

— Esse é o seu trabalho, né? Achar cachorro perdido.

— Trabalho de Isaías? — O riso dourado surgiu por um segundo. — Não... isso é dom. Isaías nem gosta de usar os dons. Só usa em precisão. Ou quando o dom pede, num sabe? Vem forte demais... igual com o cachorro do mocinho. Isaías tava no ônibus. Viu a faixa. Isaías nem é homem de letras, mas leu, assim grande, O-T-O... e viu. Viu na hora que tinha pelo amarelo. E olho brilhante... vai ver, o Oto pedia. Então Isaías resolveu. Saiu do ônibus e foi ver o que podia fazer.

— Viu o Oto... E achou o Oto.

— Mocinho tá feliz.

— Obrigado, Isaías. Obrigado mesmo.

Tanta coisa deveria ter perguntado. O mecanismo da magia. Como funcionava, por quê. Pedir histórias anteriores, recolher "causos" de seus dons sobrenaturais, mergulhar no fascínio possível ou impossível de presenciar aquilo que surpreendia a razão. Mas não fiz isso. Alguma coisa me encabulava. Temor? Não, insisto em dizer que Isaías era muito simples, não transmitia medo. Sequer respeito, pelo menos para a maioria das pessoas. Mas creio que, para mim, havia naquele instante uma dose disso, sim: respeito. Igual quando se entra num recinto religioso. Mesmo que você não seja budista, e vá a um pagode; ou não seja católico, mas visite uma velhíssima igreja, você... pode não pactuar com aquela fé, mas se cala. Aceita e respeita o significado maior do mistério.

Creio que foi assim que me senti, intuitivamente. Sentei ao lado do homem acocorado e nos calamos. Sequer nos olhávamos; mantínhamos os olhos fixos para diante, num ponto na noite, perdido nas sombras daquela pequena praça encruada entre alamedas do bairro elegante da grande cidade.

E por falta de palavras, ao cabo de longos minutos só consegui repetir, baixinho:

— Obrigado, Isaías.

— Mocinho devia entrar na casa. Tá bem tarde.

Concordei e levantei, estapeando a poeira do traseiro. Ele segurou em meu braço:

— Isaías só pede uma coisa pra mocinho.

— Pode falar.

— Não conta dos dons. Não diz dos dons de Isaías, assim, a qualquer pessoa. Num sabe? Tem muita gente que não entende Isaías. Ou pensa que é coisa do demo. Ou tem malícia. Acha que dom de Isaías é só pra ganhar dinheiro.

— Minha mãe, né? Desculpe, ela...

— Mocinho não entende! — Ele moveu a cabeça diversas vezes, depois alisou a calva, quase num gesto conformado. — Não é mãe, nem vizinha, *é gente*. Olha, é muito mais difícil Isaías achar gente igual mocinho, que agradece... do que o contrário.

— Está certo, entendi...

Entendi? Eu *me atrevia* a dizer que entendia uma coisa contraditória como essa? De que o mesmo homem que localizava animais à distância por meio de um transe podia sofrer uma repulsa tão forte por parte de seus semelhantes? Ingênuo, confirmei:

— Prometo que não vou desmerecer os dons de Isaías. Não vou contar sobre eles para ninguém.

Imagino que era sincero, naquele instante, enquanto abria o portão da garagem e me esgueirava pelas escadas. Sentia paz e gratidão por ter recuperado o Oto. E fossem lá quais os motivos do Isaías, eles me pareceram válidos, coisa a se respeitar. Ainda repeti em voz baixa, antes de dormir, que jamais contaria sobre seus dons.

Na verdade, mantive minha promessa por exatas treze horas e cinquenta e quatro minutos.

4
A APOSTA

QUEM FOI? QUEM ME LEVOU a romper a promessa? E por quê? Fui intimado, flagrado em mentira, obrigado a confessar sob pressão de pais, de vizinhos, testemunhas?

Que nada. Contei tudo, tudinho, para a Bia, no dia seguinte. Fui espontâneo e hoje também entendo que, leviano. Bastou que a gente voltasse da escola, andando devagar pelas calçadas arborizadas, que ela esticasse aqueles olhos grandes no meu rosto e duvidasse da "casualidade" que me levou ao portão da vizinha. Pronto! Revelei, sem remorso, dúvida ou constrangimento, a magia do Isaías.

— Então ele entrou na casinha do Oto, cheirou as coisas do cachorro, fechou os olhos... e viu. Viu direitinho onde esconderam o Oto.

Estávamos diante do seu portão. Bia continuou calada, quase sorria. Duvidava de mim?

— Juro, Bia. Juro que é verdade.

— Que coisa, Miguel. É muito estranho...

Claro que prometeu guardar o meu segredo. Claro que confiei nela. Até porque era A BIA! Como ela poderia me trair, se era mais próxima de mim do que meu braço esquerdo?

Bia era amiga desde sempre. Vizinha que nasceu naquela casa, enquanto eu nascia nessa. Seus pais trabalhando fora e muito, os meus também. Babás e empregadas amigas que nos juntavam em banheira de plástico no quintal, levavam-nos juntos à pracinha. Mesma escola desde o maternal. Eu conhecia todos os seus brinquedos, ela sabia de cor as minhas músicas favoritas. Se ela preferia sua gata Camélia e eu o meu pastor alemão Oto, tudo bem. Eram as pequenas diferenças que acentuavam a nossa cumplicidade.

Como poderia aceitar que ela não tivesse acreditado numa palavra sequer do que contei? E que ainda comentasse o segredo com gente da escola? E mais: com *aquele tipo* de gente da escola?

Três dias depois, fui procurado no intervalo das aulas pelo Tiago e dois amigos dele. Tiago era da nossa classe e, ultimamente, puxava muito papo com a Bia.

— E aí, cara? — disse Tiago. — Como é que anda o seu amigo? Achando muito cachorro?

Levei um susto. Jamais esperaria algo desse tipo. Gaguejei:

— O que você disse? Como é que você sabe que...

— Sossega, eu sei que é segredo. — E foi cínico: — A Bia me contou que é segredo.

Procurei por ela no pátio. Mais ao longe, vi Bia nos encarando, encolhidinha no degrau da escada. Estava séria. Com vergonha, será? Não pensou que Tiago me confrontasse tão depressa? Ou ela fazia tão parte daquilo, que esperava a hora certa de entrar no jogo? Tiago continuou:

— A gente acredita, cara. Paranormal que acha cachorro. Coisa séria. A gente conversou e... será que o seu amigo Isaías não fazia um favor para o Homero?

Homero era meio gorducho, aluno novo na escola. Olhou com expressão sorridente. Era do tipo gordinho-alegre, sempre de sorriso pro mundo. Levantou a mão para mim, num gesto de "oi" e contou:

— Sumiu o cachorro da minha tia. Um *poodle*. O nome é Malone. Tem um mês que sumiu. A velha ficou tão desesperada que até mudou do apartamento.

— Então? — Tiago apontou o Homero como se a conversa dele explicasse tudo.

— Então o quê, cara? Que é que tem a tia do Homero?

Quem explicou o resto foi o Ricardo. Nem era da nossa classe, era da outra turma. Um cara meio calado, jeitão sério. Antes dessa conversa, eu até simpatizava com ele:

— Se o seu Isaías-maravilha é capaz de achar cachorro... por que não pode achar o *poodle* da tia do Homero?

— Não sei se ele consegue. — Me flagrei justificando. — Ele achou o MEU cachorro...

— Ah, estão vendo? — Tiago chamou a Bia com um gesto, me apontou para os colegas. — Eu falei, Bia! Falei que ele ia enrolar. Estava na cara, aquela história de magia... De um mago lambendo osso de borracha e tendo visões...

A raiva subiu do estômago, o calor veio forte pro rosto, e foi assim um impulso: meti a mão para a frente e agarrei a blusa do Tiago.

— Não sou mentiroso, tá? Não inventei nada, tá? — falava baixo, cuspindo saliva na cara dele.

Vi um grande ódio em vermelho diante dos meus olhos e nesse momento senti o toque da mão da Bia, apoiando-se em meu braço. Falou devagar, um tom de voz meloso...

— Miguel, mas se o seu amigo encontra cachorro... se isso é profissão dele, por que não ajudar a tia do Homero? Vai ver o Malone está sofrendo, passando mal longe da dona.

— E a minha tia! Coitada. — Homero entrou na conversa. — Já imaginou a alegria dela, se achar o *poodle*?

Quis me convencer de que era uma bela causa. Os olhos de Bia grudados nos meus. Suspirei.

— Não sei se o Isaías aceita achar outro cachorro. Aliás, nem sei se dá pra encontrar o Isaías!

Era uma forma de escapar do compromisso. Mas Bia insistiu:

— Ora, você não disse que viu o Isaías trabalhando na padaria perto de casa?

Era mais ou menos verdade. Um dia antes, Marieta me contou, assim, que viu o "safado que queria dinheiro pra achar o Oto, lá no balcão de frios". Não havia conferido a história, porém eu a dividira com a Bia. Por quê? O que ganhava em contar as coisas para ela? Confiança. Essa era a minha estúpida verdade. Eu confiava nela a tal ponto que não imaginava que ela pudesse me prejudicar. Ou desacreditar de mim.

— Bia, e se for? — Reagi e puxei o braço. — Está bem, e se ele ainda está pelo bairro? Isso não muda as coisas. Por que ele vai achar outro cachorro? Como é que eu posso chegar assim e...

— Oferece grana — disse Rodrigo. — Ele não fez isso para achar o Oto? Eu até ajudo a pagar, só pra ver esse cara encontrar o cachorro.

— Oh, eu também — completou Homero. Titia tinha um xodó por aquele bicho.

— Miguel, você não disse que o seu amigo parecia alguém necessitado? — Bia de novo na história. — Se é a profissão dele, isso não é bom? Vai ter outra encomenda.

— Nem sei se é profissão, Bia. — Eu me sentia cansado.

Não tinha vontade de explicar, dar detalhes da nossa conversa. Era vexatório demais ser chamado de mentiroso, ver minha amiga me trair e provavelmente rir às minhas costas, certa de que eu era vítima de um charlatão. Tudo isso era muito idiota.

Mas somos idiotas aos doze anos. Pelo menos, eu era. E se ainda tinha algum remorso em procurar pelo Isaías e revelar que traíra o seu segredo, veio um "golpe final" do Tiago que acabou por me convencer:

— E tem mais uma coisa. Uma aposta. Sabe aquele gravador bonito, que eu trouxe pra escola na semana passada? É seu. Se o Isaías achar mesmo o Malone, juro, cara, dou ele pra você.

Na época, um gravador daqueles era a coisa mais cara, novidade tecnológica que poucos garotos tinham. Duvidei:

— Mentira sua. Você não vai querer perder um presente desses.

— Pra você ver a confiança que eu tenho no seu Isaías-maravilha! — E o Tiago riu.

E piscou o olho para a Bia. E me deixou ferver em raiva densa, vermelha e pegajosa. Esqueci de promessas, de receios, de palavra dada a amigo. Estendi a mão para a frente, mais soco do que cumprimento:

— Eu topo. Hoje mesmo falo com o Isaías.

5
MALONE

ERA ELE MESMO.

Atrapalhado e original. Como irritava as pessoas! Confundia pedidos, derrubava o pão, demorava séculos para fatiar um queijo... E nem o uniforme da padaria disfarçava sua excentricidade: o boné deixava escapar os tufos em torno das orelhas e, por baixo do uniforme, vestia uma blusa de lã muito gasta, de um amarelo-pálido brilhante. Quase tão brilhante como seu dente de ouro, que apareceu quando sorriu para mim:

— Mocinho! Como tá seu cachorro?

Falei que bem e disse que precisávamos conversar. Dali a cinco minutos estávamos na porta da padaria:

— Isaías... Eu quero perguntar se... A gente quer saber se você pode usar os seus dons de novo. Para achar um cachorro. Um *poodle*.

— Nós? *Poodle?* — Na sua fala chiada, *poodle* virou "pudo" e ele ficou bem surpreso: — Que é que mocinho contou do Isaías?

Respirei fundo e expliquei depressa do grupo da escola, que éramos todos da mesma idade, que todo mundo admirava e respeitava os dons de Isaías (evitei ressaltar que eles sabiam desses dons porque *eu não respeitara* a promessa), que o *poodle* desaparecido era da tia do Homero, isso fazia um mês... Nessa hora ele fez um gesto de desencanto.

— Um mês é tempo demais... É difícil, mocinho. Se fosse assim três dias, uma semana... Mas mês? — Fez um *fiiiiu* que parecia indicar "impossível".

— Mas você já tentou? Tentou, Isaías, alguma vez?

— Teve uma vez que deu certo. Lá em Minas, com a vaca do seu Gotardo.

— Se você achou uma vez, acha outra. É, sim, Isaías.

— Sei não, mocinho. Aqui na cidade tem muita gente, muito bicho, muito barulho... Tem vez que a cabeça do Isaías fica doída, zonzazonza de tamanha barulheira... Mocinho pensa que é fácil achar bicho fugido?

Então elogiei mais, reconheci suas dificuldades, insisti que poderia pelo menos tentar... O que o convenceu foi comentar de pagamento.

Então marcamos o encontro para o domingo, diante do prédio da tia de Homero.

A nossa aventura foi facilitada pela ausência dessa tia. Depois que o *poodle* desapareceu, ela praticamente tinha se retirado para o litoral e deixou a chave com a irmã, a mãe do Homero, só para regar as plantas. Homero surrupiou a chave, e nós mentimos sobre um passeio ao *shopping*, em turma, no domingo à tarde... Em uma coisa ninguém deu furo: combinamos de não avisar os adultos. E cumprimos o acordo.

Todos lá: Bia, Homero, Tiago, Ricardo e eu. Eu era o único sério. O resto do grupo parecia que ia mesmo ao *shopping*, aprontar e se divertir. Era "excitante" como falou Bia. Era "perda de tempo", como gozou Tiago.

— Será que existe mesmo algum Isaías? — duvidou Ricardo.

— Ele acha cachorro, mas cachorro-quente. Não trabalha em padaria? — debochou Tiago.

Finalmente, Isaías apontou na esquina. Acenou de modo efusivo e fez questão de cumprimentar todos, apertando a mão. Tinha caprichado na roupa: calças verde-limão, camisa de gola rulê branca, o paletó justo por cima, sapatos maiores que os seus pés... Quase uma visão tecnicólor de Carlitos. Isso me deixou constrangido. Era como se *eu* me envergonhasse no lugar dele. Não se mancava? Não percebia que o seu ridículo incentivava a dúvida dos outros? Tiago ainda me irritou mais, com a impostação de voz solene:

— O senhor não imagina a honra de conhecê-lo! Um homem que tem o dom de achar os animais...

O prédio da tia do Homero era de três andares, sem portaria ou zelador, o que simplificou nossa entrada. Um apartamento pequeno, mas com excesso de decoração. Perguntei ao Homero onde dormia o cachorro. Homero não sabia. A custo, lembrou-se de um armário, ali na sala. Dentro dele, encontramos uma caixa de papelão com muitos brinquedinhos de plástico meio mordidos, potes, paninhos e um pulôver de lã rosa-bebê com formato canino.

— O Malone vivia usando isso! — lembrou Homero, levantando a peça.

— Isaías... Com estas coisinhas, você acha que consegue? — perguntei.

Isaías olhou desconsolado para os objetos, depois para a gente e deu os ombros.

— Se Isaías consegue, num sei... Mas mocinhos pagam pra Isaías tentar?

— Claro, seu Isaías. — Tiago respondeu, sério, mas com uma risada irônica nos lábios, do tipo que confirma "não falei que era grupo?"

Sentamos no chão da sala, em volta de Isaías.

Devia ser um quadro muito estranho, maluco: cinco garotos "fazendo roda" em torno de um homenzinho gozado, no centro de uma sala, todos de pernas cruzadas encarando o ritual da "cheiração" do pano. Isaías esfregava o pano na cara, fungava o ar, se concentrava...

— Não gostava dessa roupa não. Gostava de passear na rua, disso sim. Gostava de comer fígado de galinha. De banho e tosa gostava não... Faz tempo. Tá difícil. — Abriu os olhos, expressão desapontada. — Se tivesse outras coisas do cachorro...

— Isso serve? — Homero mostrou um prato de louça com as letras MALONE gravadas em dourado.

Isaías pegou o prato e cheirou. Deu uma leve lambida na louça e fechou os olhos. Seu rosto distraído foi suavemente se alterando. Na testa suada, uma veia começou a latejar, um movimento feio e esquisito. Os lábios se apertavam, as narinas abriam e fechavam com rapidez cada vez maior. Olhei dele para os amigos. Ninguém mais ria.

Começou a falar. A mesma voz chiadinha, em tom mais baixo e vagaroso:

— Passeio... passeio no fim da tarde. Todo dia, passeio, dona mudou caminho... aquele cachorro grande, cachorrão, na esquina. Não gosta de cachorro grande, não. Dona parou pra ver fruta na venda, soltou correia... fugir do cachorrão... aaaahh o carro... roda, roda o carro.

Ele se calou. Erguia a cabeça e a balançava ao mesmo tempo. Estava modificado, maior... encarei devagar todo o grupo. Bia estava um pouco pálida, com uma ruga entre os olhos. De repente, Isaías soltou um grito. Assustada, Bia também gritou.

— Machucado, machucado dói... Carro bateu, pata dói, uh... Gente, gente em volta.... mulher pega Malone, mulher leva de carro, sobrado. Sobrado amarelo... VETERINÁRIO escrito na porta.

Isaías respirou fundo, depois mais leve. Abriu os olhos e só então pareceu identificar a gente. Vi o brilho de dezenas de gotas de suor na sua careca.

— O cachorrinho tá com a pata machucada. Agora tá bem, tá num veterinário aqui perto. Cinco ruas daqui. Na direção da avenida, mas antes de chegar lá. Não desgosta do médico. Tem saudade do fígado de galinha. O veterinário é bom, mas não quer ser dono do bicho.

— Será que é verdade? — perguntou Homero.

Restava conferir. Fechamos o apartamento, todo mundo sério... A cena de transe foi impressionante e ninguém se atrevia a questionar. Mal saímos do prédio, Isaías tocou na minha mão. Tentava sorrir, mas estava bastante pálido.

— Mocinhos, desculpa Isaías... Isaías num tá bem, não. Foi muito esforço. Se mocinhos puder pagar, Isaías agradece.

Confirmei com os outros, cada um deu a grana prometida. Ficamos na calçada em silêncio, vendo Isaías se afastar.

— Ele achou o cachorro — concluí.

— Ah, é? — Tiago ainda não estava convencido. — Enrolou que o cachorro estava num veterinário... Quem consegue provar? Num bairro desses deve estar "assim" de veterinário.

— Parece mesmo que tem uma clínica daquele lado — lembrou Homero. — Ele falou que era antes da avenida.

— Então vamos lá — liderou Ricardo. — Só acredito vendo!

E vimos. A cinco quarteirões, havia um sobrado antigo, com grande placa amarela, indicando "veterinário", na fachada. Janelas e portas trancadas. Toquei a campainha.

Ouvimos latidos. Uma mulher apareceu no quintal, falando em voz alta: "o doutor não está".

— Boa tarde, dona. — Comecei — Desculpe incomodar... É sobre o cachorro da tia do meu amigo... Ele sumiu. Disseram que podia estar aqui. É um *poodle* branco.

A mulher destrancou o portão, deixou a gente entrar. Falava que havia um *poodle*, coisa de um mês. Uma mulher atropelou o cachorro, pagou o tratamento e deixou o bicho lá, sem voltar para buscá-lo... Se fosse da tia do garoto, ela podia sim ficar com ele.

Nos fundos do sobrado, várias gaiolas continham cachorros grandes e pequenos. Um buldogue latiu, ameaçador. Dois filhotes viraram-se no seu engradado. Mais além, a mulher nos apontou o *poodle* branco.

A pata dianteira estava enfaixada. Ele ergueu para nós uns olhinhos curiosos, abanando o rabo pompom.

Homero se agachou murmurando:

— Malone?

O cachorro se ouriçou todo, ao ouvir o nome. Ergueu-se devagar, enfiou o focinho entre os ferros, lambeu prazerosamente a mão de Homero.

Ah, que delícia olhar para Tiago naquela hora... Como foi bom ver o seu risinho irônico amargar numa careta. A vingança podia ser doce, muito doce...

6
UM OUTRO CACHORRO

MINHA ALEGRIA NÃO DEMOROU muito. No domingo, a surpresa e a admiração. Na segunda-feira, voltaram a dúvida e a provocação. Tiago não quis pagar a aposta. Concordou que Isaías achara sim um cachorro... Mas *qual* cachorro?

— Não sei se era o *poodle* da tia do Homero — disse ele.

Olhei então para o Homero. Ele abaixou os olhos para o chão, corado. Murmurou:

— Titia só vem pra semana... Até agora ela não viu o Malone. Não sei se era mesmo...

Tiago aproveitou essa covardia do amigo para propor outra coisa: nova aposta.

— Tudo ou nada. O cachorro do Ricardo. Ele vai esconder o bicho, só ele e eu vamos saber onde. A gente chama o Isaías. E se dessa vez ele encontrar, joia, juro que acredito nele, em você, em tudo. Vem o gravador e ainda um jogo de *videogame*, dou até um beijo na sua bochecha...

Tiago tentou mexer na minha cara, mas puxei o rosto para trás. Era motivo de briga e de recusa, claro, acabar com aquela pressão estúpida, palhaçada... Senti a mão da Bia no meu braço, achei que ela incentivava aquilo... Pensei: "não sou frouxo" e...

Aceitei. Só depois entendi que ela me dizia, baixinho: "Não, Miguel, é uma aposta boba. Não aceite, por favor, parem com isso".

Mas já havia topado. Tiago foi ligeiro em marcar a hora e lugar e eu, bem, coloquei os dons de Isaías em jogo por uma provocação idiota.

Agi por impulso. Fui à padaria mais tarde, menti para Isaías sobre o cão desaparecido de um colega de classe, sumiço assim de um dia. O coitado foi tão crédulo que me deixou mal. Nem se perguntou da "casualidade" de tantos cachorros desaparecidos.

— Se é como mocinho diz, é fácil. Isaías acha, sim. Mocinho sabe que sim. Isaías só pede aí... um dinheirinho. — Olhou para os lados, ninguém da padaria nos ouvia, abaixou a voz, confidente: — Cidade grande é ruim pra Isaías. Muita gente ruim, faz pouco dos dons de Isaías. Mocinho, não. Mocinho é bom...

Ah, como me senti canalha naquela hora! Não queria ouvir Isaías, os seus elogios, sua fala chiadinha, seu jeito humilde me humilhava, porque sabia que era uma aposta fútil, não existia nenhum cachorro em perigo! Combinei depressa o encontro para o dia seguinte. Isaías trocaria o turno com um colega, iríamos à casa do Ricardo.

Na calçada, ainda ouvi o "Deus lhe pague" com que ele se despediu e fugi. Corri para casa e jurei que era a última, *a última vez* que usava os dons de Isaías!

"Quase" foi. Mas essa é outra história, que fica para mais tarde.

Por enquanto, ainda haveria essa missão, para o dia seguinte.

E lá fomos nós. A casa do Ricardo era maior que a minha, num bairro próximo. O pai dele era algum figurão do governo. Cheguei com a Bia e com o Isaías. Ricardo e Tiago já estavam nos esperando.

Eles prepararam bem o ambiente, ninguém nos viu entrar; seguimos por um portão lateral, margeando o imenso sobrado, saímos direto no quintal.

— Ele sabe o que é? — perguntou Tiago, fazendo um gesto em direção do Isaías.

— Sabe que um cachorro desapareceu, disse depressa.

Temia que o Tiago contasse da aposta. Apesar de estar fazendo uma "cachorrada" dessas com Isaías, não queria que ele soubesse.

Ricardo trouxe alguns objetos: um brinquedo de pano, uma manta de lã, um prato plástico, colocou-os no chão. Isaías imediatamente se ajoelhou, pegou os objetos, cheirou-os. Nós também nos sentamos e fizemos a roda, como da outra vez.

Isaías esfregou por muito tempo a manta na cara, sempre de olhos fechados; eu via sua testa se enrugar e o suor espalhar-se pelo rosto concentrado. Sem abrir os olhos, tateou o chão e pegou o brinquedo de plástico. Cheirou-o, tocou-o com a língua... Nada. Olhei para Bia, ela olhava séria pra Isaías. Devagar, ele largou o brinquedo de borracha...

E abriu os olhos, bem arregalados. Sem expressão. Era como se houvesse algo morto em Isaías, e esse algo fossem seus olhos, o branco se tornando vidro opaco e apavorante. Foi um olhar que durou apenas alguns segundos, o suficiente para Isaías largar os objetos, como se tivesse nojo (ou medo?) do contato daquelas coisas na sua pele.

E começou a gritar. Sons curtos e apavorados. Tentava se levantar e caía de novo, como se estivesse muito, mas *muito* assustado.

— Isaías, o que aconteceu? Isaías? — gritei.

Ele continuava dando gritos agudos, a intervalos, gritos do bicho, do animal ferido. Apontava para a manta e o prato, mãos trêmulas, enrolando palavras e gemidos:

— Num pode... Isaías num pode. Isso num se faz... Coisa ruim, danada de fazer com Isaías... É morte, morte!

Toquei no braço dele e isso o "despertou" de vez. O homem estava fora de si, arrastou-se pela lavanderia como se fosse uma cobra. Olhou para nós como se fosse a gente que o ameaçasse de morte.

Depois, correu para a porta. Fomos atrás dele; Isaías se jogava contra o portão, pancadas fortes que ressoavam no metal. Na janela de cima do sobrado apareceu a cara de uma mulher, talvez uma empregada.

Olhei para Tiago e Bia. Os dois estavam tão apalermados como eu. Ricardo segurava a chave do portão. Tomei a decisão, peguei a chave e destranquei a porta. Ainda perguntei:

— Isaías, você quer sair? Pare de bater, você vai se machucar... Isaías, o que foi?

Ele soltou um pouco os braços, encostou o rosto no metal da porta, a boca esfregando-se no ferro, chorava alto, falando aos arrancos:

— Dar coisa de neném em vez de cachorro, enganar Isaías pra achar cachorro e ver neném... isso não se faz, é morte! Tem sonho, Isaías tem sonho sério, que mostra... quando Isaías procurar gente em vez de bicho, quando Isaías forçar os dons pra achar neném, Isaías morre. É isso que mocinhos quer? A morte de Isaías?

A empregada gritou conosco, do andar de cima. Aquilo ainda ia virar uma grande encrenca. Escancarei o portão e, quando Isaías se percebeu livre, desatou a correr, tropeçou e quase caiu antes de alcançar a esquina; depois sumiu.

Fechei o portão com uma batida forte e encarei os dois. Ricardo alisava a testa suada e Tiago tentava aliviar o clima:

— Gente, o que deu nesse maluco? Foi brincadeira...

— O que vocês fizeram? — gritei. — Que negócio foi esse de nenê?

— Calma, Miguel — disse Tiago. — A gente... É que o Ricardo não tem cachorro.

— As coisas eram da minha irmã — disse Ricardo, sério. — A Verinha é um bebê de um ano.

— A gente só pensou em incrementar mais a brincadeira... — Tiago repetiu.

Bia segurou no meu braço:

— Vamos embora, Miguel. A gente não tem mais nada que fazer aqui.

7

TEMPO E AMIZADE

DEVIA DIZER QUE PEDI perdão a Isaías.

Devia dizer que agi como um homem. Ah, é verdade, tinha doze anos. Lá era homem para agir decentemente? Era jovem demais.

Esta é uma verdade estranha: temos sempre "demais" alguma coisa, quando agimos mal. "Era jovem demais", "era tarde demais", "estava escuro demais", "falei demais", "fui orgulhoso demais", "me arrependi demais"...

Mas fosse o "demais" que aleguei naquela época, a verdade é que não procurei pelo Isaías. Dias depois não o vi na padaria, mas não tive o alívio de saber que "sumira do mapa". Logo depois topei com ele numa mercearia, ainda pelo bairro. Em nenhum dos lugares deixei que me visse. *Fugi sim*, fui covarde! Não quis procurar por ele porque não podia, não queria, tinha medo da reação dele... O cara havia confiado em mim e eu agi com ele igual a um safado.

Claro que o mais correto seria pedir desculpas, mas isso é bem mais difícil... Com o tempo, aprendi na vida que há três jeitos de agir quando se faz uma coisa feia para alguém e a gente se arrepende e se sente culpado. Ou faz como eu fiz com Isaías, foge dele, tem vergonha, evita... Ou faz como a Bia fez comigo: não conversa sobre o assunto, mas mostra o arrependimento pelos gestos. Por pequenas gentilezas. Por um mundo de pequenas atitudes que mostram que você mudou. Ou deixa ficar como estava antes. Nos dois meses seguintes retomamos nossa velha amizade, como "se nada tivesse acontecido", como se Isaías não tivesse passado por nossas vidas. Só uma vez a gente quase derrapou nessa conversa. Quando certa tarde levávamos o Oto num passeio, ela alisou o pelo de meu cachorro e disse "como você gosta dele, Miguel. Se ele tivesse mesmo desaparecido, você..."

Então lembrou. E parou de falar. Olhou para meu rosto e desviou os olhos. Peguei a guia da sua mão e voltamos para casa. Acho que era um mistério denso demais, verdadeiro demais e isso nos confundia. Era melhor o silêncio.

No dia a dia, depois das aulas eu ia para a casa dela, jogávamos *videogame* ou xadrez, ela me ajudava com as lições de casa, eu emprestava CDs de música... O próprio interesse dela pelo Tiago ou pelo Ricardo pareceu diminuir. Não a vi mais conversando com eles na escola.

Por isso levei um susto quando, no começo das férias, entrei na sua casa e encontrei Tiago ali, na sala, como se fosse um grande amigo.

— Oi, cara. — Ele falou. — Estava esperando por você.

Olhei para Bia. Ela disse, baixinho:

— É sério, muito sério, Miguel.

Tiago estava de um jeito como nunca vira antes. Apertava as mãos, virava e desvirava a franja com tanta força que, em certo momento, seu topete acabou espetado, feito o de um pica-pau. E foi ele que citou a pessoa e retomou o assunto que fingíamos nunca ter acontecido:

— Cara, eu não acreditei. Sabe aquela aposta da gente, o tal Isaías, um boboca, com dons do além? Ele achou mesmo os cachorros, não foi? De verdade. Eu não queria mais saber disso, mas... o Ricardo pediu pra vir aqui. Lá na casa dele estão de um jeito... Olha, deixa eu contar tudo de uma vez.

O "tudo" era o seguinte: há dois dias raptaram uma menina, e era justamente a irmã do Ricardo. Tinham chamado a polícia, comentavam até de ser crime político, pois o pai dele era da Secretaria da Justiça... O sumiço aconteceu num parque, num bairro próximo. Viram uma mulher perto do bebê e, quando a babá se distraiu recolhendo os brinquedinhos no *playground*, nenê e mulher tinham sumido. Tudo muito rápido, nenhum resgate pedido.

— Eu vi o caso na TV — falou Bia. — Nem me lembrei do sobrenome do Ricardo...

Ficamos em silêncio. Um olhando para o outro, ninguém com vontade de falar claro, direto, sobre o motivo de o Tiago estar ali. E, de repente, ele começou a explicar, de uma vez:

— O Isaías. Naquele dia ele teve aí... uma espécie de contato com a nenê. O Ricardo lembrou disso. Não falou com a família dele, não contou nada, mas... Acha que a esperança é pedir para o Isaías. Pra ele tentar de novo, usar os dons dele e achar a nenê, dessa vez.

— A gente precisa ajudar o Ricardo, Miguel. — Bia sentou de meu lado, pedindo: — Por favor, se você procurar seu amigo, ele...

Estourei. Nervoso, irritado. Na verdade, mais *culpado* do que qualquer coisa. Como podiam pedir isso? Como poderia encarar o Isaías, se fugira dele todo esse tempo?

— *Amigo?* Bia, você diz que o Isaías é meu amigo? Depois do que fiz com ele, do que *a gente* fez com ele, apostando com os dons dele, levando na brincadeira... Ele vai topar, assim, sem mais, ajudar a gente? E por quê?

— O Ricardo paga. O pai dele paga. Uma boa grana... — respondeu Tiago, sorridente.

Fiquei estarrecido. *Pagar?* Quem ele pensava que era? Achava mesmo que dinheiro acertava qualquer coisa? A gente podia ser tão superficial, tão mimado assim, que achava que se comprava uma pessoa de modo tão simples?

— Esqueceu o que ele disse, Tiago? No meio daquele... sei lá, surto de loucura. O que ele falou sobre achar criança e morrer? Não dá, Tiago. Não vou procurar por ele. Não vou pedir que ele corra um perigo desses. Acabou.

— Procure por ele, Miguel — disse Bia. — Por favor. Não é nenhuma aposta idiota. Não é um cachorro. É pela nenê.

— Miguel, fala com ele — insistiu Tiago. — Deixa o próprio Isaías decidir se quer ou não arriscar, usar os dons dele.

— É pra salvar a irmãzinha do Ricardo — disse Bia.

E seus olhos tão negros e tão brilhantes sobre meu rosto, a seriedade que li neles acabou me convencendo.

— Vou tentar.

Deixei Tiago na casa da Bia e segui à mercearia sozinho. Era uma missão minha... Como a Bia falou, ele era "meu amigo". Se alguém pudesse convencê-lo, seria eu.

Isaías estava nos fundos da loja, fatiando e pesando frios. Pedi licença para conversar com ele e fui. Confesso que me assustei com a aparência de Isaías. Fazia quase três meses que não o via, e ele havia piorado muito nesse tempo. Emagrecera bastante. O rosto, antes redondo, agora mostrava duas covas nas bochechas. A pele estava seca, marrom-arroxeada. Entrei na salinha, ele sequer reparou em mim.

— Isaías... — Precisei repetir, até ele erguer os olhos.

Ficou longos segundos me encarando, como se não me reconhecesse. Tentei sorrir, ia falar o quê, como? Enfim, resolvi me aproximar mais, estendi a mão para ele. Fiquei com a mão lá, esticada, por longos segundos, até que Isaías abriu um sorriso triste e apertou molemente meus dedos.

— Mocinho voltou. Isaías sabia, mocinho voltava. E pedia.

Pedi, sim, foi desculpas. De um jeito difícil, comecei a conversa:

— Desculpe, Isaías, por aquela brincadeira besta. Eu... nem eu nem a Bia, a gente não teve nada com aquilo. Foram eles que deram as coisas do nenê, foi o Ricardo que...

Ele deu os ombros. O uniforme largo em seu corpo mostrava os ossos salientes do pescoço e costelas. Não tinha outra roupa sobre a pele, além da jaqueta fina e das calças.

— Isaías achou que mocinho ia ser amigo dele. De verdade. Que, afinal, Isaías ia ter amigo aqui na cidade grande. Achou cachorro do mocinho, coisa boa. Que mocinho entendia e respeitava os dons. Coisa boa. E agora, o que mocinho veio pedir... não é coisa boa.

— Isaías! Não fale assim. Você... você é meu amigo.

Ele moveu a cabeça lentamente. Não acreditava no que eu dizia e até me antecipou:

— É a neném. Mocinho vai pedir que encontre a neném.

Meu rosto ficou vermelho, não podia mais mentir, manipular. Sentia medo e vergonha, por mim, por ele... Então confirmei. Torcendo para que ele me xingasse, me botasse porta afora, recusasse com fúria a proposta que fiz a seguir:

— A irmã do Ricardo foi raptada. A polícia não consegue achar, a família dele está desesperada, ninguém sabe onde a nenê está. Sei que agora você tem um bom emprego, não precisa usar seus dons por dinheiro, mas o Ricardo paga, ele...

Isaías largou a peça de queijo na bancada, devagar tirou as luvas de plástico.

— Emprego num é bom, não. O dono despediu Isaías, só tô aqui até fim da semana. Isaías ia só pegar o dinheiro do mês e seguir pelo mundão de Deus... Aí, nem mocinho nem ninguém encontrava Isaías e não pedia pra achar neném por dinheiro.

O que podia dizer? Era casualidade, era sorte, encontrá-lo ainda a tempo? A tempo de quê, de usar os dons?

Sua voz chiada estava bem baixa, quase inaudível. Ele me pareceu envelhecido e cansado. "Conformado", era essa a palavra certa.

— Vai ver é a sina. — Resumiu a ideia por mim. — Isaías tinha mesmo de usar os dons por dinheiro... Forçar os dons para encontrar um nenê.

Tirou o jaleco, alcançou o terno atrás da porta, vestiu-o direto sobre a pele. Abotoou, segurando os botões com a ponta das unhas, concentrado na tarefa, um a um. De repente, caiu sentado sobre uma banqueta. Exausto. Falava devagar e distante, palavra por palavra:

— Um sonho. Tá tudo distante e *friiiio*. Isaías tá lá, tentando achar a criança. Isaías pega um paninho, paninho parece que vira fogo no dedo do Isaías. Isaías vê tudo ficar quente, um caldeirão de quente na testa de Isaías. Isaías tem medo...

Seu rosto ganhou alguma expressão, as últimas palavras virando gemidos. Mas se conteve. Percebeu que antecipava um transe, evitou o confronto. Era a sina? Manteve os olhos fechados por um longo tempo. E quando os abriu, ele *me viu*. Realmente, me focalizou mesmo, até com simpatia.

— Isaías achou que mocinho ia ser amigo dele. Mas se isso não pode ser verdade, então que o mocinho seja o destino de Isaías. Vamos agora. Vamos fazer aquilo que querem que Isaías faça.

8
NO PARQUE

ERA ÉPOCA PRÉ-CELULAR, foi difícil conversar com todo mundo. Por fim, liguei do orelhão para a Bia, o Tiago localizou o Rodrigo... mas foi Bia quem nos convenceu:

— O parque fecha às cinco. Se é pra tentar hoje alguma coisa, tem de ser agora.

Dali a uma meia hora nosso grupo estava diante do alto portão do parque. Seguimos placas e logo estávamos no *playground*. Era ali que acontecera o rapto. Naquela hora estava praticamente deserto, só havia uma senhora com um menino pequeno. Já era tarde, além de que esfriava depressa. O vento frio me fez arrepiar; assoprei entre os dedos, para aquecer as mãos.

— Vamos tentar? — disse Tiago, apontando a área.

— Espera... Mocinhos. Espera — disse Isaías, jogando-se num banco. Sua respiração estava entrecortada, ele vinha mais pálido que nunca. — Muito fraco... Assim não consegue.

— Mas olha a hora! — Bia apontou para o relógio. Faltavam quinze para as cinco.

Ricardo tomou a decisão por nós:

— A gente vai ter de ficar por aqui. Tem de se esconder dos vigias e esperar pela noite.

Ricardo conhecia o parque e sugeriu um lugar. Um porão, sob um dos casarões de exposição, que vivia destrancado. Andamos depressa pelas alamedas entre as árvores antigas, o vento zunindo pelas folhas, até chegarmos a uma área com sobrados antigos, usados pela Administração e também para cursos variados. Realmente o porão existia, um buraco frio e escuro, cheirando a mofo e com teto baixo.

Foi o tempo de nos acomodarmos lá para ouvir o apito do guarda. Veio muito fino e distante; o homem deveria conferir outras partes do parque antes, mas mesmo assim mantivemos silêncio.

Afinal, Ricardo, que era o primeiro na abertura do porão, falou:

— O guarda já passou.

Tiago se acotovelou perto dele e colocou a cabeça pra fora. Achou que estava suficientemente escuro pra gente tentar.

Estava era muito frio, isso sim. Nossa proximidade no porão disfarçava a temperatura, mas ali fora o vento vinha em rajadas.

O parque em paisagem noturna era uma imagem inesquecível. Aos poucos, nossos olhos se acostumaram ao escuro. Para todo lado que olhássemos só enxergávamos "sombras dançarinas": o movimento dos galhos das árvores, o redemoinho de folhas soltas, o zunido do vento batendo em nossas orelhas...

— Estou com medo, disse-me Bia, baixinho.

Passei o braço pelas suas costas, meio desajeitado e sem revelar que eu também... Não podia ver os demais, mas eles não deviam estar lá muito aventurosos.

— A gente tem que voltar ao *playground* — disse Tiago. — Aí o Isaías podia tentar.

— Você consegue, Isaías? Você está bem? — perguntei.

Ele balançou a cabeça, num sinal positivo que mal vislumbrei no escuro.

Tiago começou a andar, tropeçou, soltou um palavrão.

— Devia ter trazido a minha lanterna — reclamou.

— Gente... — A Bia choramingou. — Eu não quero, estou com medo. O Isaías... e se acontece mesmo com ele, credo... O que a gente vai fazer? E se ele...

— Para com isso, Bia! — A voz de Ricardo veio aguda e tensa. — Não vai acontecer nada com o Isaías, ele vai achar minha irmã, não vai?

O vulto do Isaías moveu o rosto e veio a voz chiadinha:

— Isaías vai tentar.

Devagar, seguimos um caminho de pedras, cercado pelas árvores altas e assustadoras. Parecia floresta tão densa e selvagem e me veio a ideia irônica: não era estranho saber que logo ali, a poucos metros, além dos muros, estava uma avenida movimentada, com semáforos, casas, o conforto da cidade? Enquanto isso, nós parecíamos viver uma aventura na selva mais fechada do mundo!

Continuamos. O barulho das folhas se movendo, pequenos galhos caindo, nossos passos esmagando as folhas, tudo isso dava um colorido ainda mais misterioso. Nessas horas nossas ideias voam para tantos lados, lembro que pensei nos meus pais, já deviam ter voltado do trabalho, o que Marieta contaria para eles? Será que ficariam preocupados? Então senti um aperto no coração, por Isaías. Ele não tinha família (que eu soubesse), era um abandonado por todos, estava ali, cumprindo sua sina... E se fosse verdade? Se realmente a gente estivesse pedindo a morte de Isaías, e o final dessa aventura fosse tão trágico?

— É aqui, disse Ricardo, apontando o *playground*.

A área de areia estava mais clara, deixáramos as árvores pra trás. Até o brilho da iluminação da rua, ali, parecia aumentar.

— Onde você acha que estava a Verinha? — perguntou Tiago.

Ricardo pensou um pouco, respondeu devagar:

— Pelo que a babá contou... ela estava sentada, perto do portão... Só pode ser esse — Ele se apoiou na grade de ferro do *playground*. — Disse que foi recolher os brinquedos da Verinha, deve ser por ali...

Ricardo colocou no chão uma fralda da sua irmã, a mamadeira e uma boneca de borracha. Isaías foi devagar até o lugar, sentou-se com dificuldade na areia fina. Nós o imitamos.

— Tem tudo de que precisa aí, Isaías? — perguntou Tiago. Seu tom de voz era sério, muito respeitoso.

— Isaías tem sim. Dá pra começar.

Começamos.

A primeira coisa que ele pegou foi a fralda. "Isaías pega um paninho, o paninho parece que vira fogo no dedo de Isaías", não era isso que ele havia dito sobre o seu sonho? Que no sonho estava escuro e frio... Como ali, naquele parque solitário, o vento sendo o único som, zunindo pelas árvores e vindo agudo, assustador? Meu coração parecia bater no ritmo do vento, agoniado e com medo, me-do-me-DO-ME-DO...

Não olhava para meus colegas, não conseguia tirar os olhos do vulto de Isaías, mais visível no *playground*. Ele passava o pano no rosto, devagar. Tremia muito e não devia ser só por causa do vento. Procurei me conter; queria ajudar, e a única ajuda era concentrar meu pensamento na frase: "ache o bebê, ache o bebê...".

Isaías moveu lentamente o rosto para trás, quase caiu. Vi o gogó movendo-se na garganta, como se fosse difícil engolir a saliva. Por longos minutos, ficou assim. Súbito, sua cabeça pendeu no peito. A respiração se acelerou, um som acima do barulho do vento, respiração chiada, difícil.

Ouvi um gemido da Bia, nós outros ficamos calados. Por muito tempo ficamos assim, torcendo por ele, torcendo por Isaías e pra que seus estranhos dons funcionassem, nem que fosse pela última vez. A ideia me cortou a alma.

O pano cobriu totalmente o rosto de Isaías. Devagar soltou um choro fininho, fraco... Tateou o chão, pegou a mamadeira, sugou o bico como se fosse um nenezinho faminto, chupando o ar e chorando... Era apavorante! Ver um adulto se comportar como neném era uma imagem impossível de esquecer, pelo resto da vida.

— Neném... — falou muito baixo. — Mulher tinha sininho colorido, mulher sorria, mulher... — Isaías agarrou a bonequinha de borracha, esfregava fralda, boneca, mamadeira pelo rosto, com força. — Correu, mulher correu... Mulher fala com neném, chama neném de docinho, mulher abraça neném e corre...

A Lua saiu detrás de umas nuvens e ficou enorme, redonda e amarela no céu. Era como se tivéssemos acendido a lâmpada de noite pra ver melhor o espetáculo do Isaías. Seu rosto estava lustroso, acobreado. Ele tremia cada vez mais intensamente. Os lábios quase roxos contrastavam com o rosto avermelhado.

— Mulher corre, passa portão, carro quase pega a mulher, mulher abraça neném, abraça... O sino... O sino é chave. Chave de casa. Chave de casa!

Isaías gritou, com sua voz mais normal, e não aquele arremedo de criança. A mão tremia absurdamente, ele tentou pegar a mamadeira no chão por três vezes e ela escorregou. No final, pressionou a mamadeira na areia, ficou socando-a, arquejando, a cabeça caída sobre o peito...

De repente, aquele uivo, um ruído estranho, diferente de qualquer som que um cão ou uma criança fizessem. Um grito que poderia ter vindo de uma fera num filme de assombração. Foi muito rápido e apavorante. Isaías gritou, vimos seu corpo se mover, descontrolado, e ele cair de costas na areia.

— Será que ele... — perguntou Bia, num fio de voz.

Fio de voz era o que saía de sua garganta. Depressa, me levantei e aproximei o rosto do rosto de Isaías. Os outros fizeram o mesmo.

— A neném... Aqui na frente... Pelo mesmo portão que a gente entrou... Sobrado em frente. A neném tá lá, casa 64...

Ricardo se ergueu de um pulo:

— Vamos procurar o sobrado.

Tiago e Bia ergueram-se também. Olhei deles pra Isaías, que mantinha os olhos fechados.

— A mulher gorda... Gosta de neném, gosta, sim. Tá com neném no colo o tempo todo... "Dorme neném, que a Cuca vem pegar... Papai está na roça, mamãe lá-lá-lá-lá-rá".

— Parece que ele ainda está em contato com a neném, falei.

— Acho que é só uma mulher, concluiu Ricardo. Vou pra lá, vou salvar a minha irmã!

Toquei a testa ardente de Isaías e disse:

— Vão vocês. E vão logo. Eu fico aqui com ele. — Meus amigos se olharam, indecisos. Precisei repetir: — Vão, vão logo, já!

Eles se afastaram, a noite os escondeu. E ficamos só nós: eu e Isaías, seu corpo largado na areia gelada, febril e tomado pela visão, cantarolando com voz de criança um refrão de ninar...

E o barulho do vento assobiava no ar, e a Lua, cada vez mais descoberta de nuvens, parecia um olho no céu. Sofri calado, sem saber o que fazer, sem saber como poderia socorrer Isaías e sem saber o que meus amigos fariam para salvar a nenê.

Não, isso eu logo soube. Soube exatamente *tudo* o que aconteceu no sobrado, diante de um dos portões do parque. Como? Isaías em nenhum momento abriu os olhos, mas não deixou de contar o que estava "vendo".

— Nana, neném... tem de dormir. Amanhã a gente vai viajar, ninguém tira neném da mamãe... tão bonitinha neném... blim-blom... blimblom... Quem será na porta? Neném fica no quarto, neném fica quietinha, mamãe vai ver quem tá na porta, viu, neném?

Isaías ia imitando as vozes, ora de mulher, ora o som da campainha, ora a voz exata de Tiago, Ricardo e Bia... Foi assustador. Ouvi sair de sua boca todos os sons do sobrado ali perto. Como se Isaías tivesse se transformado em rádio que transmitia fielmente os acontecimentos.

Não pude aguentar, comecei a chorar. Chorava alto e ouvia...

— Onde está a neném, onde está a minha irmã? Não sei de nada, não, quem são vocês? É melhor dizer logo. Se você machucou a minha irmã, eu... o que é isso... Nhé... nhé. É a Verinha! O barulho vem lá de cima... Segura a velha, segura que essa mulher vai fugir... Me solta! Soluço. Queria tanto ficar com o bebê... A Verinha está bem! Graças a Deus. Tem um carro de polícia na rua, aí em frente! Chama eles, Bia! Grita! Ei, aqui, socorro! Liga pra minha casa, Tiago. Chama o meu pai. Eu não ia fazer mal ao neném... Olha sua irmã aqui, Ricardo... Olha ela rindo, olha... guuu... guuuu...

Isaías imitou duas risadinhas de nenê, alegres, depois de ter falado com todas as vozes. E aquela risada, linda e solta, parece que ficou ecoando pelo parque... Foi o último som que saiu de sua boca.

Porque aí, o grande barulho *fui eu* quem fiz. Quando vi seu corpo imóvel... quando o último "guuu" morreu no eco e no vento... quando tomei real conhecimento de que estava sozinho num parque escuro com um cadáver... eu gritei.

E corri. Corri como pude, lembrava vagamente do local da saída. Fui gemendo, cuspindo (era um jeito de formar saliva na boca seca), sentindo a umidade noturna grudar meu cabelo na testa e gelar meu rosto, minhas mãos...

No escuro, tudo parecia me agarrar: os galhos viraram presas, as pedras pareciam cobras, as sombras me lembravam fantasmas e monstros... Errei o caminho; por longos minutos fui de um lado a outro, até finalmente topar com a placa "Estacionamento" indicando o rumo certo.

Enfim, pude ver as lâmpadas fluorescentes da avenida, acima das árvores e do muro alto. O portão estava trancado, mas usei o trançado da grade como apoio do pé e pulei o muro.

Mal toquei os pés no chão, vi que o caso da nenê se resolvia. A rua estava tomada de automóveis, a sirene da polícia girando no capô de um deles.

9
E TUDO TERMINA BEM?

NEM SEQUESTRO POLÍTICO nem perigosos raptores com pedido de resgate. Foi uma tal Maria da Graça, solteira, que morava sozinha no sobrado em frente ao parque, aposentada, e tinha paixão por crianças. Não resistiu quando viu Verinha: "Foi um impulso, Deus me colocou essa criança nos braços", disse aos policiais. Como só precisava atravessar a rua, conseguiu escapar sem ser vista por ninguém. Até que a segurança do parque iniciasse uma busca, ela já estava com Verinha dentro da casa. E tratou bem da menina, até que nós a achamos.

O pai do Ricardo era homem importante e a imprensa lotou o sobrado. Não havíamos combinado as respostas, mas sabíamos que logo viriam pra cima da gente.

— O que aconteceu com o Isaías? — murmurou Ricardo, quando conseguiu uns instantes comigo.

Suspirei.

— Que você acha que aconteceu? — perguntei, mais do que respondi.

— Fala logo.

— Ele...

Não pude terminar. Era a nossa hora. Um homem fardado sentou de meu lado. Resolvi que, dessa vez, não diria mais mentiras. Não o deixei fazer perguntas, fui falando. Contei essa história inteira, sobre o sumiço do Oto, a faixa de rua, o surgimento do Isaías, seus dons especiais, como achou o Malone e como meus colegas desconfiaram dele... Enfim, a sua sina trágica em localizar pessoas e o desaparecimento da Verinha. Sua incrível participação no desfecho do rapto.

O homem tinha um rosto sério, neutro. De início, anotou o que eu falava. Depois, só o vi fazer um gesto para um colega, que se aproximou com outro. Não reparei onde estavam meus amigos de aventura ou se também eram entrevistados ou se me ouviam. Eu precisava falar. Contar tudo. Desabafar.

Quando acabei, sentia a cabeça leve e o corpo velhíssimo, exausto. Encarei o policial e pedi:

— Eu queria, moço... que me avisassem. Dissessem quando acharem o... o corpo do Isaías.

Ele foi discreto:

— Nós vamos investigar. Procuramos por você assim que tivermos alguma informação.

E esse devia ter sido o fim do caso.

Mas não foi.

Cheguei em casa meio febril e fui direto para a cama. Meus pais já sabiam do acontecido e me cercaram de cuidados. Tentei falar com eles, contar tudo de novo, a nossa aventura no parque, os dons de Isaías... Mal eles ouviram o seu nome, mudaram de assunto, me olhavam como se fosse um doido, como se minha febre fosse pior, coisa de ferver a cabeça, enlouquecer... e eu queria falar. Mas acabei dormindo, afinal. Tive pesadelos aquela noite. Sonhei com um cemitério idêntico ao parque, onde ventava sem parar e um túmulo falava com a voz da nenê, de Tiago, de Bia, de Ricardo, de mulher... A voz vinha debaixo da terra, onde estava o cadáver de Isaías, e por duas vezes acordei suado e gritando.

No dia seguinte não consegui sair da cama. Fosse gripe ou fosse culpa, sentia o corpo todo quebrado, uma dor que vinha de dentro da pele, dos ossos... Meus pais me liberaram das aulas, Marieta ficou encarregada de conferir meu "resfriado".

No final da tarde recebi a visita da Bia e do Ricardo. Esperei ansioso que Marieta fizesse as "honras da casa", servindo bolachinhas e deixando suco e copos ali, na cabeceira, para as "visitas". Mal ela saiu, disparei:

— Então? Vocês foram ao parque? A polícia foi lá? Acharam o cadáver do Isaías? O que aconteceu?

Bia olhou para Ricardo e os dois deram um tempo longo, como se procurassem o jeito certo de me contar... *Contar* o quê? Eu já não sabia? Da morte dele, do sacrifício do Isaías? Respirei fundo, apertei o lençol. Esperei pela terrível notícia. Que não veio.

— Não tem cadáver nenhum, Miguel — falou Bia, finalmente. — Não sei o que você viu no parque, mas...

— Como assim? — Me ajeitei na cama, o coração batendo forte. — Eu vi! Ele falou com a voz de todos vocês, imitou a Verinha e a raptora, tudo... Depois ele caiu de vez, apagou. Não estava respirando, eu vi!

— Não sei o que você viu, Miguel. — Ricardo falou devagar. — Mas não se encontrou corpo algum no parque.

— A polícia foi lá ainda de noite, depois que você conversou com eles — prosseguiu a Bia. — Nada.

— A gente voltou lá hoje de manhã cedo — explicou Ricardo. — Andamos tudo aquilo de novo... Achei até uma caderneta que o Tiago perdeu... Mas nada de corpo.

— Não é possível. — Eu estava zonzo. — Então, o que aconteceu? Ele estava lá, caído. Com febre... Se ficasse no chão, acabava morrendo mesmo.

— Pode ser que alguém do parque tenha socorrido ele — disse Ricardo, com uma cara de dúvida. — Mas hoje conversei com todo mundo, os policiais também entrevistaram os funcionários... Ninguém viu nada, homem caído, machucado, cadáver. Nada.

— Eu acho... — Bia ajeitou o corpo, sentou bem reta na beirada da minha cama. — Que você se assustou, Miguel. O Isaías deve ter só desmaiado. Aí você fugiu, foi até o sobrado. Um tempo depois o Isaías se levantou e foi embora. Só isso.

— *Só isso?* Ele foi embora? — falei irritado, confuso.

Silêncio. Ricardo desviou os olhos dos meus, Bia pegou o suco, serviu os copos. Continuaram calados. Era isso, assim? A história acabou? Isaías sumiu e, para os adultos, para as nossas famílias, ele sequer existira? Para meus colegas, até para a Bia, ele fora alguma coisa tão estranha, tão frágil e misteriosa que era melhor não pensar muito nele, no seu fim... porque ele não podia ter sumido, não daquele jeito!

— Se foi desse jeito — concordei de má vontade — se ele levantou e saiu do parque, ele... Bom, por que não procura pela gente? Ele deve voltar, vocês não acham? Voltar, nem que seja só pra se despedir... não é?

Ricardo sacudiu os ombros, como se respondesse "sabe-se lá". Bia trocou outro olhar estranho com ele, mas concordou comigo, "se ele estiver por perto, deve voltar". Então entendi que meus amigos não queriam isso. Era melhor deixar Isaías no seu lugar de mistério e sombra.

Decepcionado, fingi concordar, naquele momento. Pensava que sim, que era possível localizar Isaías. Precisava de respostas.

10
A VIDA DÁ VOLTAS...

PROCUREI POR RESPOSTAS durante quinze anos. E também por Isaías. No início, uma busca nervosa e preocupada. Fui ao parque tão logo melhorei da gripe. Bia me acompanhou; nós repetimos aquele trajeto noturno, até entramos no porão. Perguntamos muito e muita coisa aos funcionários (alguns bem desconfiados, já que a história do "cadáver desaparecido" tinha sido contada e recontada). Nada ali.

Fui à mercearia e à padaria, conversei com colegas de Isaías e com os proprietários, para ver se alguém tinha notícias dele. Na mercearia, sequer voltou para pegar o salário. Deixei telefone e pedi que me avisassem, caso alguém soubesse de alguma coisa.

Por muitas semanas, passeei pelas ruas do bairro, nos locais onde o vira antes. Às vezes, levava Oto comigo; um cão não poderia encontrar Isaías mais facilmente, do mesmo jeito que ele tinha o dom de achar cachorros?

Nada. Ninguém o vira, vivo ou morto. Ainda imaginei se Isaías, naquela noite, não conseguiu se arrastar para fora do parque e morreu pelas proximidades. Mas era uma ideia ruim... Os portões estavam trancados e se eu, saudável garoto de doze anos, tive dificuldade em pular o portão, como um "moribundo" igual a ele conseguiria isso?

Tiago e Ricardo não se preocuparam com o sumiço de Isaías. Para eles, a explicação seria normal, comum. O cara teve um desmaio, se levantou e foi embora. Quem sabe, voltou pra terra dele, fartou-se da cidade grande. Não procurou pela gente, não quis o dinheiro prometido? Sei lá, estava tão cheio com tudo que preferiu sumir no mundo. Uma atitude estranha, mas natural.

Já a explicação da Bia nada tinha de natural: perguntava-se se Isaías não seria um anjo. Uma entidade que viera à Terra com sua missão e retornou ao Céu depois de localizar a Verinha. Quase briguei com ela, quando me falou isso.

Conhecia aquele cara! Não era anjo, nem teria um impulso tão decidido em se afastar de nós... Era um cara mortal, um cara comum, que *irritava* as pessoas! Sem o seu dom especial, o que ele era? Um anjo seria tão desajeitado ou feioso? Mas essa ficou sendo realmente a versão da Bia. E também não quis mais falar sobre o assunto. Chegou um tempo em que minha obsessão pelo Isaías a incomodava demais e fomos nos afastando.

Dois anos depois, quando a sua família se mudou para Curitiba, nossa amizade "da vida inteira" se esvaziara bastante. A cumplicidade acabou. Ainda nos telefonamos por uns meses, trocamos cartas. Depois, apenas cartões natalinos, uma vez por ano.

Perdi totalmente o contato com Ricardo. De vez em quando vejo o nome do pai dele no jornal. A família mora em Brasília. Homero? Já era distante naquela época, continuou um quase-estranho nos anos mais recentes.

Tiago formou-se em Comunicações e trabalha na televisão, como repórter. Curioso é que, depois desses anos todos, é o único com quem tenho um contato mais regular. Hoje, adultos, ainda nos vemos a cada dois, três meses. Ele me telefona e vamos tomar um chope. Nunca mais toquei no assunto Isaías.

Isaías se tornou uma figura estranha, perdida na nossa infância. Meio fantasia, meio real... E seria só isso.

Bem, *seria*. Só que não foi bem assim. Sei que nesses anos todos, mesmo com uma vida boa, plena, já casado, continuo com criação de cães (o Oto deixou uma bela descendência, hoje mantemos uma filha sua e um neto na casa), um bom emprego *et cetera*, sempre senti que o "assunto Isaías" permanecia uma ferida aberta em meu peito. Por menos que falasse sobre ele, nunca o esqueci.

Meu trabalho recente também me ajudou a recordar. Especializei-me em Engenharia de Alimentos e há um ano consegui um emprego numa multinacional do leite. Percorro o país de norte a sul, lido com todo tipo de gente, dos proprietários das fazendas até os funcionários de laticínios ou os peões que lidam com gado. Talvez porque tope com tantos "Isaías", humildes em seu jeito de falar, tão conformados com sua "sina de Deus", tão morenos e simples como ele, que me vejo retornando aos doze anos de idade; lembrando desse homem, desse amigo que achou o Oto através de seus estranhos e mágicos dons de localizar cachorros perdidos.

E perdido ele ficaria, se não fosse uma dessas coincidências... Ou magia? Ou um acaso necessário, para que colocasse um ponto-final no meu envolvimento com Isaías, de uma vez por todas?

Faz um mês que isto aconteceu. Eu viajava pelo interior de Minas Gerais, de carro, visitando fazendas de gado leiteiro. Peguei estrada vicinal, uma paisagem de pasto e plantação, aqui e ali uma placa indicando um vilarejo. Perto da hora do almoço, resolvi procurar um restaurante e imbiquei numa das quebradas, uma cidade com o curioso nome de PROMESSA MINEIRA.

Estacionei na pracinha em frente à igreja, fiquei apreciando o bonito jardim, com arbustos cortados em forma de animais (um pássaro, um boi, um cachorro). Então resolvi fotografar aquilo, era pitoresco. Minha esposa gosta de receber e-mails com esse tipo de imagem.

Já havia tirado algumas fotos, quando um senhor falou comigo:

— O moço gostou do nosso jardim?

Era um homem velho, uns setenta anos. Pele vermelha curtida pelo sol, chapéu amassado na cabeça.

— É bonito, sim.

— Pois num tem turista que não pare pra bater foto. A cidade cuida disso com carinho... É trabalho do Isaías. Moço precisa ver o jeito que esse danado cuida das plantas! Onde ele bota a mão fica florido. É um dom. Quase sobrenatural!

"Isaías...", "dom..." Meu coração bateu forte. *Isaías* é um nome pouco comum, mas é bíblico; e em perdidas e religiosas cidadezinhas desse Brasil, mais frequente do que se pensa. Então não quis me encher de esperança. Lembrei, contudo, de que estava numa *promessa*... Ali não era *Promessa Mineira*? Resolvi investigar mais esse assunto.

— E esse... esse Isaías mora aqui faz tempo?

— Tem aí, deixa ver... — O velho coçou o queixo. — Tem pra mais de dez anos. Trabalha pra prefeitura e também nas casas. Faz cada jardim bonito...

Pedi o endereço do Isaías e me despedi do velho. Quinze minutos depois, estava diante de uma casinha simples, que se destacava por um jardim extremamente bem cuidado. Toquei a campainha...

— Pois não?

Era ele. Quinze anos mais velho, o pouco cabelo da nuca embranquecendo, o dente dourado na boca. O olhar mais direto do que aéreo, um bigodinho também grisalho sobre os lábios. Comecei a rir e a repetir seu nome:

— Isaías... Eu não acredito!

— O senhor está bem?

— Puxa, Isaías, tem quinze anos! Quinze anos que eu ando atrás de você. Desde aquela noite no parque. Isaías, você nem imagina o que eu pensei! A Bia até achou que você fosse um anjo!

Eu ria, gargalhava. Isaías só me encarava, cada vez mais sério. Foi aí que caí em mim: ele devia se lembrar do garoto, e quinze anos depois eu era um homem feito.

— Você me chamava de mocinho, Isaías. Sou o Miguel, que era dono de um cão pastor, o Oto. Foi numa cidade grande, bem longe daqui — disse o nome, esperei.

— Oto? Cidade grande? Num tô lembrado não... — Isaías alisava a careca, no mesmo gesto antigo.

Meu sorriso diminuiu, lembrei de outras coisas:

— Você tinha um dom. O dom de achar cachorros, de um jeito mágico, especial. Você encontrou o Oto, eu paguei para você achar o Oto. E depois teve o cachorro da tia do Homero, e aí o Tiago e o Ricardo fizeram uma sacanagem com você, deram coisas de uma nenê para você achar e aí teve mesmo o rapto da menina, de verdade e... aquela noite terrível no parque.

— Nenê? Parque? — Seu rosto se alterou. Da expressão neutra diante de um estranho, seus olhos ganharam interesse...

Continuei:

— E você me contou do seu sonho, de que quando tentasse achar criança você acabava morrendo. Lá no parque, eu pensei... Você encontrou a nenê e ficou falando com a voz da criança, imitando todo mundo, até que você caiu. Você me deu o maior susto. Pensei que você tivesse morrido, Isaías, e eu fugi. Há quinze anos, Isaías, estou fugindo, mas agora eu preciso saber.

O olhar dele fixou além de mim. Seu rosto pareceu voltar no tempo. O tempo que alisou as rugas e escureceu o pouco cabelo nas têmporas. E foi devagar recordando:

— Parque escuro... Muito frio... O vento batia nas folhas... Isaías tinha medo... Tinha uns mocinhos junto com Isaías... A cabeça doía...

— Isso! Você lembra, Isaías! Você lembrou de mim, não é?

Mas seu olhar voltou a ser neutro. Desconfiado. E a voz veio grossa, tão diferente do chiado de antes:

— Num conheço o moço, não. Moço é doido. Com perdão da palavra, moço é doido ou tem parte com coisa ruim. O que contei do frio, do parque, do escuro, credo! É de um sonho de Isaías. Sonho ruim de Isaías, que vem mês, vai mês, vai e volta... Agora o moço me toca a campainha pra dizer que sonho ruim de Isaías é verdade? Que conheceu Isaías antes?

Raiva e medo. Seu rosto era uma máscara confusa desses sentimentos. Como se eu fosse um ser do além, alguém que lhe contava coisas extraordinárias e terríveis, como se... como se fosse "eu", e não ele, que tivesse o dom de ler, nas pessoas ou coisas, seus mistérios.

— Vai embora, moço. Se teve um Isaías que via bichos e ouvia vozes na cabeça, esse Isaías morreu. Isso acabou. Cuida de seu destino. Adeus. — Virou as costas para mim, acelerou o passo e entrou na casinha.

Lá de dentro, afastou a cortina e me espionava... Respirei fundo. O que podia fazer? Insistir? Desistir das perguntas de quinze anos? Ou me conformar? Talvez aquele meu amigo, aquele Isaías, tivesse realmente morrido.

Antes de voltar para a estrada, confirmei essa ideia. Aqueles dons de Isaías realmente inexistiam. Na cidadezinha, ninguém com quem conversei sabia de qualquer manifestação de um descobridor de cachorros. O único dom de Isaías, nessa sua identidade, era o de ser bom jardineiro. Além de bom marido e bom pai, com quatro crianças. Nem tinham cachorros na casa.

Saí de PROMESSA MINEIRA confuso. Mas de certa forma, feliz. Nosso encontro me tranquilizava; pelo menos ele estava vivo, era real, de carne e osso. Nada de anjo ou demônio. Era um pai de família, um jardineiro de Minas Gerais...

E por um instante, ser confundido por ele com alguma espécie de paranormal, serviu para me mostrar como devia ser doloroso para ele, há quinze anos, ser olhado pelos "normais" como um ser exótico. Como

TRÊS AMIZADES

O príncipe e o mendigo, Mark Twain
O detetive agonizante, Conan Doyle
As duas mortes de Isaías, Marcia Kupstas

SUPLEMENTO DE LEITURA

Três amizades apresenta três narrativas envolventes, que se passam em épocas muito diferentes. Nelas, a ajuda dos amigos é valiosa para que as personagens enfrentem situações que envolvem dificuldades, perigos e mistérios. Em *O príncipe e o mendigo*, estamos na Inglaterra do século XVI, na qual nem mesmo a enorme distância social impede que dois meninos – um príncipe e um plebeu – se encontrem e troquem de lugar: nada mais, nada menos do que o príncipe Eduardo Tudor, futuro rei da Inglaterra, e Tom Canty, um garoto paupérrimo, que vive em um dos muitos cortiços da cidade de Londres. No conto *O detetive agonizante*, Sherlock Holmes e seu inseparável companheiro Watson apresentam-se em uma trama policial em que um assassinato é desvendado sem que o famoso detetive inglês precise deixar seus aposentos. Já em *As duas mortes de Isaías*, narrativa contemporânea que se passa em cidades brasileiras, acompanhamos as lembranças da infância de Miguel, a partir do desaparecimento de seu cachorro Oto e de seu encontro com o paranormal Isaías.

POR DENTRO DOS TEXTOS
Enredos

1 Nas três histórias que compõem este volume, as amizades têm início de diferentes formas. Descreva como estas personagens se tornam amigas:

a) Eduardo Tudor e Tom Canty: _____

_____

b) Eduardo Tudor e Miles Hendon: _____

_____

_____

_____

c) Sherlock Holmes e dr. Watson: _____

_____

d) Miguel e Isaías: _____

_____

_____

2 Em sua opinião, a que se refere o título *As duas mortes de Isaías?* Justifique sua resposta.

_____

_____

_____

_____

_____

_____

3 *O príncipe e o mendigo*, *O detetive agonizante* e *As duas mortes de Isaías*, ainda que em diferentes graus e nuances, apresentam recursos próprios de narrativas de suspense. Na história de Mark Twain, os acontecimentos criam a expectativa, mantida até os últimos capítulos, sobre o que acontecerá com Tom Canty e Eduardo Tudor. Já no conto de Conan Doyle, podemos observar características das narrativas policiais clássicas, nas quais há sempre um fato a ser desvendado, e o suspense é provocado pelo encaminhamento das ações investigativas que culminam com a solução do problema. Nelas, uma

_____

_____

ue sentimentos Miguel revela ter em relação a seu comportamento
m Isaías?

_____

_____

ual a sua opinião a respeito das personagens Miguel e Isaías e da
e entre elas?

_____

_____

GUAGENS

linguagem pode ser um importante recurso para a caracterização
rsonagens, revelando sua idade, personalidade e aspectos psicológi-
em como sua condição cultural e social, entre outros dados. Desta-
gumas características marcadas na linguagem utilizada por:

uardo Tudor: _____

m Canty: _____

erlock Holmes: _____

. Watson: _____

ías: _____

guel: _____

DUÇÃO DE TEXTOS

Em grupo, selecione uma das narrativas de *Três amizades* e reescre-
mo uma história em quadrinhos. A seguir, sugerimos alguns passos
ealizar este trabalho:
embre os acontecimentos da história e selecione os mais importan-
a a sua compreensão.

- Selecione as personagens e situações que farão parte dos quadrinhos.
- Escreva a narração e os diálogos.
- Desenhe e monte a história em quadrinhos.

14 Com a ajuda de seu professor, monte uma exposição com as histórias
em quadrinhos produzidas e organize uma discussão a respeito das diferenças entre a narrativa literária e as histórias em quadrinhos. Considere
aspectos como:
- usos da linguagem
- organização da ação
- personagens
- narrador
- recursos de imagem e projeto gráfico

ATIVIDADES COMPLEMENTARES
(Sugestões para História, Geografia, Literatura e Vídeo)

15 *O príncipe e o mendigo*, de Mark Twain, e *O detetive agonizante*, de
Conan Doyle, se passam, respectivamente, nos séculos XVI e XIX, na cidade de Londres, Inglaterra.

a) Em grupo, faça uma pesquisa sobre um dos temas:
- Mark Twain (traços biográficos do autor, período histórico em que vi-
veu e obra), Inglaterra do século XVI e reinados de Henrique VIII e de
Eduardo Tudor.
- Conan Doyle (traços biográficos do autor, período histórico em que vi-
veu e obra) e Inglaterra do século XIX.
A pesquisa poderá ser realizada em livros, revistas, *sites* (procure saber se
se trata de um *site* confiável), entre outras fontes.

b) As informações coletadas na pesquisa poderão ser apresentadas oral-
mente para toda a classe. Para isso, os grupos deverão se organizar e poderão usar recursos visuais, como cartazes, fotos, mapas, ilustrações etc., para
enriquecer o trabalho.

16 Já foram realizadas algumas versões de *O príncipe e o mendigo* para o
cinema. Procure assistir a uma das versões e compare-a com o texto adapta-
do por Marcia Kupstas. Depois, discuta diferenças e semelhanças.
Sugerimos *O príncipe e o mendigo* (*The prince and the pauper*, 1977, Inglaterra. Dir.: Richard Fleischer).

personagem, geralmente um detetive, investiga pessoas e acontecimentos relacionando-os e analisando-os de forma racional até encontrar uma resposta para o crime. Na história escrita por Marcia Kupstas, a atmosfera de suspense é provocada pela paranormalidade de Isaías, cujos esforços para descobrir onde estão os animais e a criança desaparecida são descritos de forma a criar uma atmosfera de medo e mistério. Nela, o inexplicável e o sobrenatural dão o tom de suspense.

Em grupo, discuta essas diferenças com seus colegas e selecione passagens das histórias que exemplifiquem essas características.

_____

_____

4 Você já leu algum poema sobre amizade? Se sim, procure levá-lo ao conhecimento de seus colegas de classe. Se não, pesquise um que considere bastante ligado ao tema e procure discutir com seus colegas qual a visão de amizade que está expressa nele. Você concorda com essa visão? Justifique sua resposta.

_____

_____

_____

Focos narrativos

5 Uma história pode ser contada de muitas maneiras. O narrador é aquele que conta a história e o faz a partir de um determinado ponto de vista, pelo qual revela o que sabe sobre os fatos que acontecem na narração. É o que se chama de foco narrativo ou ponto de vista. *O príncipe e o mendigo* apresenta um narrador em terceira pessoa que, no caso, é alguém que não sabemos quem é.

a) Quem são os narradores de *O detetive agonizante* e de *As duas mortes de Isaías*? _____

_____

b) Que aspectos lhe chamaram a atenção nos modos de narrar as histórias de *Três amizades*? _____

_____

_____

_____

6 Se você tivesse que escolher outra personagem (*duas mortes de Isaías*, qual seria ela? Por quê?

_____

_____

Tempos e espaços

7 As histórias de *Três amizades* se desenvolvem em tintos. Complete o quadro, indicando o tempo (époc uma das narrativas.

Narrativa	Tempo	
O príncipe e o mendigo		
O detetive agonizante		
As duas mortes de Isaías		

Personagens

8 Embora fisicamente idênticos, Tom Canty e o pr *O príncipe e o mendigo*, têm personalidades distintas e completamente diferentes. Em grupo:

a) Comente essas diferenças.

b) Discuta com seus colegas a importância da educaç históricas, sociais, econômicas e culturais como fatores tuição da personalidade das pessoas.

_____

_____

9 Em *O detetive agonizante*, Sherlock Holmes trata seu rispidamente e chega mesmo a ofendê-lo ao criticar sua c médico. Quais as razões para tal procedimento, de acord

10 (
para c

11 (
amiza

LIN

12
das p
cos, l
que a

a) E(
b) T(
c) Sl
d) D(
e) Is
f) M

PR(

13
va-a (
para
• R
tes p

fizemos com ele, pivetes mimados e cínicos, usando seus dons, apostando a seu respeito, manipulando e duvidando.

Dirigia pela estrada sossegada, falava comigo mesmo, recordava detalhes, conversas... ria em voz alta. Um alívio no peito, depois de quinze anos, livrando-me da culpa. Fiquei com vontade de telefonar para eles, os outros. Conversar com a Bia, que ainda morava em Curitiba. Marcar um encontro e um chope com o Tiago, uma conversa eufórica: "Tiago, descobri. Finalmente, sei que ele não morreu, depois do que nós o forçamos a tentar...".

Não sei... Talvez se é para contar esta história, seja melhor deste jeito, registro geral, para todos. Esta história que me envolveu, aos doze anos de idade, com a pessoa mais incrível que um garoto poderia conhecer na vida: Isaías, o "fantástico descobridor de cachorros".